COTTA'S BIBLIOTHEK DER MODERNE

Ernst Jünger

Das Abenteuerliche Herz

Erste Fassung
Aufzeichnungen bei Tag und Nacht

Mit einem Vorwort von Michael Klett

Klett-Cotta

Klett-Cotta
www.klett-cotta.de
Die Erstausgabe erschien 1929
im Frundsberg Verlag, Berlin

Printed in Germany
Satz: Ernst Klett, Stuttgart
Schutzumschlag: Finken & Bumiller, Stuttgart
Auf säure- und holzfreiem Werkdruckpapier
gedruckt und gebunden von Gutmann, Talheim
ISBN 978-3-608-93071-9

Fünfte Auflage, 2008

»Den Samen von allem, was ich im Sinn habe, finde ich allenthalben.«

Hamann

VORWORT

Dies ist ein Buch der Sehnsucht nach dem Verschütteten und dem Verlorenen in uns, ein Manifest für das Leben, das sich uns zu entziehen beginnt, ein Aufruf, sich mit klopfendem Herzen dem Unerwarteten dieser Welt auszusetzen, ihrer Dämonie, ihrer Dynamik, ihrem Schrecken. Mit leidenschaftlichen Sätzen spricht der junge Autor dem Leser zu, seine Tiefe zu erschließen, um den verlorenen Einklang mit dem Leben wiederzufinden und sich als wunderbares Wesen anzusehen, das der verantwortliche Träger wunderbarer Kräfte sei.

»Das Abenteuerliche Herz« faßt Aufzeichnungen zusammen, die vermutlich zwischen dem Ende des Weltkrieges und der einmaligen Veröffentlichung 1929 niedergelegt wurden. Die Schrecken der Materialschlacht sind künstlerisch bewußter verarbeitet als in den Kriegsbüchern, die Jünger europaweit berühmt gemacht hatten. Zugleich aber bezeugt dieses Buch den Aufbruch in eine vielschichtige, immens fruchtbare Autorschaft, die nahezu über das gesamte Jahrhundert reicht. Im Jahre 1938 erschien die sogenannte zweite Fassung mit dem Untertitel »Figuren und Capriccios« und trat an die Stelle der Urschrift. Die später so genannte erste Fassung wurde erst wieder Ende der fünfziger Jahre in die zehnbändige Werkausgabe übernommen, später in der Ausgabe der »Sämtlichen Werke« fortgedruckt und liegt nun, nach beinahe sechzig Jahren, wieder als unveränderte Einzeledition vor.

Die biographische Situation des Autors in den Jahren der Niederschrift kann man sich heute nur schwer vor Augen führen. Hochdekorierter Soldat und erfolgreicher Autor einer Reihe von Büchern, die aus dem Erlebnis des Krieges hervorgegangen waren, war er zugleich der glühende Anhänger einer Nation, die einen Krieg mit ungeheuren Verlusten hinter sich hatte und durch einen unsinnigen Friedensvertrag gedemütigt war. Viele Sätze und Metaphern stehen denn auch unter der Wirkung dieser Umstände. Politische Wirren, Hunger und Arbeitslosigkeit kennzeichnen diese Jahre ebenso wie ein Umbruch ästhetischer Werte und Formen, dessen Vorzeichen schon seit der Jahrhundertwende deutlich gesetzt waren. Die rauschhafte Lebensintensität der Menschen ging, vor allem bei Dichtern und Künstlern, einher mit pessimistischen Einschätzungen der kommenden Zeit. Max Rychner: »In der Verzweiflung dieser Dichter war ein heraufkommendes Verhängnis vorauszuspüren, noch bevor man es wissen konnte«. Die alte Ordnung Europas, die bürgerliche Welt — Jünger spricht vom versteinerten Leben —, seit Beginn des Jahrhunderts immer mehr in Frage gestellt, war in den Schützengräben des ersten Weltkrieges endgültig zerbrochen, ohne daß sich eine neue Ordnung schon hätte befestigen können. Das Schwankende, Unbestimmte jener Jahre hat den Autor wohl schärfer und nachhaltiger ergriffen als andere. Heute bemerken wir, daß die tiefgeschichteten Verwerfungen, die dieses Jahrhundert kennzeichnen, wohl von keinem Dichter so deutlich erkannt und zur Sache seines Werkes gemacht wurden wie von Jünger. Den größten Teil der zwanziger Jahre hatte er in Berlin verbracht, einer fiebernden, heißlebenden Metropole. Zu der Zeit, als »Das Abenteuerliche Herz« erscheint, zieht er sich auf das Land zurück. Später erwähnt er diese Veränderung, »weil von nun an die Uhr langsamer für mich lief und ich mehr Zeit hatte. Das war für meine Prosa günstig«.

»Das Abenteuerliche Herz« ruft seinen Leser zur Entscheidung und zur Entschiedenheit auf. Augenblicke, Stimmungen, blickhafte Einfälle, Träume bestimmen die Form dieser Aufzeichnungen, die noch dem Genre des Tagebuches zugehören und doch auch mit ihrer gelegentlich vexierbildhaften Wendung zum Manifest, zum Pamphlet, zur Erzählung, zum vertrauten Gespräch mit dem Leser in einer Übergangsbewegung zum modernen Essay steht. Jünger, dessen Geistes- und Artverwandte, etwa Rimbaud, Baudelaire, Novalis, E. T. A. Hoffmann, Byron, Poe, Kubin, in den Blättern des Buches verzeichnet sind, stellt sich radikal auf die Seite des Gefühls vor dem Verstand, des Geistigen gegenüber dem Materiellen, der Werte gegenüber den Ziffern, des Abenteuerlichen vor dem Alltäglichen und tritt deshalb als Person mit der Emphase des cœur mis à nu, dieser Baudelaireschen Metapher, deren Verwandtschaft mit dem vorliegenden Titel unverkennbar ist, in einer Weise hervor wie sonst selten in seinen Büchern.

Obwohl einige Passagen und insbesondere Traumstücke wie etwa »Der Blechsturz«, »Der schwarze Ritter« oder »Liebe und Wiederkunft« fast wortgleich in die zweite Fassung aufgenommen wurden, und obwohl man die erste Fassung wie einen Entwurf zur zweiten sehen kann, sind die beiden Bücher mit demselben Titel voneinander ganz verschieden. Das ältere enthält nicht nur eine Fülle von Ansätzen und Entwürfen zu Werken, die später ausgeführt wurden (»Der Arbeiter«, »Sizilischer Brief an den Mann im Mond«, »Subtile Jagden«, »Drogen und Rausch«, »Eumeswil« usf.), es ist auch so etwas wie ein Schlüssel zum Jüngerschen Denken überhaupt.

Bei der zweiten Fassung ist unverkennbar, daß eine sorgsame, die Prosa wie ein Werkstück bearbeitende Hand mit dem leidenschaftlich, oft rauschhaft niedergeschriebenen frühen Text umgegangen ist, und wenn aus diesem künstlerischen Prozeß ein Werk von einzigartiger Schönheit entstanden ist, eines der wenigen großen Bücher dieses Jahrhunderts, so zeichnet das ältere Werk, sein Skizzenbuch, wie Jünger es einmal nannte, der Schmelz des unbekümmerten Anfangs aus. »Mögen wir niemals so alt werden, daß wir das rechte Lachen verlieren über die Taten derer, die plötzlich als Taugenichtse auf und davon gingen, weil ihnen die Bücher den Kopf verdrehten. Mögen wir im Gegenteil immer bei denen sein, die eines Morgens ausziehen, fest in den Steigbügeln und reiten in die Sonne hinein, mit dem festen Glauben an sich und die Schatzkammern der Welt.« Mit solchen Sätzen verschwört er sich mit dem Leser, den er als

Einzelnen, Einsamen adressiert. Wenige Sätze weiter kommt er auf Don Quichote zu sprechen, diese alte Symbolfigur des Anarchischen, eine erste Lektüre des Zehnjährigen und sein späteres Erkennen, daß »die alten Narren die besten« seien. Dem Sterben des Kindes im Menschen, dem Anwachsen des Alltäglichen, dem Einbruch der Aufklärung in die frühen Träume wird fast schon eine Programmatik des Erlebens gegenübergestellt, wobei »böse« Momente, wie der Schrecken, der Schock, das Entsetzen, der Schmerz in einem neuen Wertgefüge neben Gewöhnlichem stehen, wie dem Augenblick, dem Traumbild, dem »heißen Begreifen« des Kindes. Der Einbruch des Jähen, Unerwarteten reißt den Menschen aus der Lauheit heraus, das »ganz andere« tritt ein. Jünger läßt keinen Zweifel, daß es ein materialistisch werdendes Zeitalter zu bestehen gilt. In einem Essay, der wenig später erscheint, fasziniert und bedrückt ihn etwa die Vorstellung eines Menschen, der ein Torpedo steuert, also zum intelligenten Aggregat einer Maschine wird. Mit der Erinnerung an das magische Weltalter wird eine Wahrnehmung gesucht, wo »die Dinge noch einmal zum Sprechen« gebracht werden, wo der lebendige Einklang entsteht zwischen Mensch und Sache, wo »die Bannkraft neuer, verborgener Urbilder« wirksam wird. Die materielle Welt muß von uns verzaubert werden, sonst vernichtet sie uns.

Die etwas später erschienene Reiseaufzeichnung »Dalmatinischer Aufenthalt« bezeichnet Jünger als eine Schule des Sehens. Hinter dieser Formulierung verbirgt sich eine in ihrer Bedeutung noch kaum verstandene neue Optik, deren Umrisse in dem vorliegenden Buch erkennbar sind. Ihr »dynamisches Wesen«, also die Abkehr von der alten kontemplativen Ruhe im Schauen und die Entdeckung einer Wahrnehmung, die erregt und bewegt ist und bei der die Sinne in den Sinnen tätig werden, wird uns eigentlich erst in diesen letzten Jahren des Jahrhunderts richtig zugänglich.

Von einigen wenigen aus den Zeitumständen erklärbaren Passagen abgesehen, hat dieses kühne, leidenschaftliche Buch über ein halbes Jahrhundert nach seinem ersten Erscheinen an Gegenwärtigkeit nichts verloren. Im Gegenteil, das Leben mit seiner trügerischen Dynamik in einer technisch weiter fortgeschrittenen, komfortzivilisatorischen, neu verbürgerlichten Welt, ist naturferner und langweiliger als zu der Zeit, da sich überall in Europa Künstler und Intellektuelle an die Erneuerung einer sklerotisierten Kultur machten.

Michael Klett

Es wäre mir unmöglich, für meine Person die starke Anteilnahme aufzubringen, deren Vorhandensein ich nicht leugnen kann, verliehen mir nicht zwei Umstände eine gewisse Sicherheit.

Einmal besitze ich das bestimmte Gefühl, einem im Grunde fremden und rätselhaften Wesen nachzuspüren, und dies bewahrt vor jener pöbelhaften Eigenwärme, jener Stickluft der inneren Wohn- und Schlafzimmer, die mir am »Anton Reiser« unangenehm ist. Es verleiht dem Zugriff eine größere Sauberkeit, wie der Gummihandschuh den Fingern des Operateurs. Ich habe dieses Gefühl, als ob ein aufmerksam beobachtender Punkt aus exzentrischen Fernen das geheimnisvolle Getriebe kontrollierte und registrierte, selbst in den verworrensten Augenblicken nur selten verloren. Ja es schien mir oft, als ob in sehr menschlichen Augenblicken, etwa denen der Angst, dort oben etwas vorginge, was ungefähr einem mokanten Lächeln verglichen werden könnte. Aber auch andere Zeichen – Trauer, Rührung, Stolz – glaubte ich zuweilen gleich Signalen einer inneren Optik an jenem Fixpunkt zu erkennen, den ich als ein zweites, feineres und unpersönliches Bewußtsein bezeichnen möchte. Von dort aus gesehen, wird das Leben von noch etwas anderem als von Gedanken, Empfindungen und Gefühlen begleitet, seine Werte werden gleichsam noch einmal gewertet, ähnlich wie ein bereits gewogenes Metall trotzdem von einer besonderen Instanz einen zweiten Stempel erhält. Von dort aus gesehen, erhält dieses Treiben auch erst einen fesselnderen Reiz als den innerhalb der Bezirke einer selbstbewußten Vitalität möglichen.

Dann aber weiß ich auch, daß mein Grunderlebnis, das, was eben durch den lebendigen Vorgang sich zum Ausdruck bringt, das für meine Generation typische Erlebnis ist, eine an das Zeitmotiv gebundene Variation oder eine, vielleicht absonderliche, Spezies, die jedoch keineswegs aus dem Rahmen der Gattungskennzeichen fällt. Aus diesem Bewußtsein heraus meine ich auch, wenn ich mich mit mir beschäftige, nicht eigentlich mich, sondern das, was dieser Erscheinung zugrunde liegt und was somit in seinem gültigsten und dem Zufall entzogensten Sinne auch jeder andere für sich in Anspruch nehmen darf.

Leipzig

Seltsame Vorlieben und die Art, in der der Mensch von einem großen, scheinbar ganz geschlossenen Gebiet nichts beachtet als einen bestimmten Teil, sind sehr bezeichnend für das Wesen einer Persönlichkeit. So sehe ich einen Sinn darin, daß ich mich während meiner anatomischen Studien nie mit der Knochenlehre befreunden konnte, daß ich mich für die Geologie nur da erwärmte, wo sie mit der Paläontologie zusammenhing, daß von allen belebten Schichten wiederum die Juraformation für mich von je einen märchenhaften Glanz besaß, daß mir die Erle immer so unangenehm und der Ahorn so prächtig schien und daß mir von allen tausend Ländern, die die Welt trägt, gerade Zentralafrika das verlockendste war und heute noch ist. Von all diesem weiß ich, warum es so ist — wie aber ist die Abneigung zu erklären, die ich vor den Pflanzen und Tieren Australiens, ganz besonders vor den Beuteltieren, empfinde oder, um noch Seltsameres zu streifen, die Ahnung, daß Huysmans, von dem ich jahrelang nur die Buchstaben des Namens kannte, für mich von großer Bedeutung sein müsse, eine Ahnung, die sich später als durchaus berechtigt erwies? Durch solche Neigungen und Abneigungen spricht unser Innerstes, das uns selbst ewig verborgen bleiben wird, das sich auszudrücken sucht, indem es sich ins Gleichnis setzt, und das mit nachtwandlerischer Sicherheit den Grad der Verwandtschaft spürt, die uns mit allen Dingen der Welt verbindet und unsere innere Perspektive bestimmt.

Es ist stets ein Ereignis für mich gewesen, gerade dem scheinbar ganz nüchternen Leben zu begegnen, das sich an einem Punkte seiner Oberfläche erwärmt, ohne selbst zu wissen, warum, zwecklos, aber keineswegs ohne Sinn, und gar oft in solchem Mißverhältnis zu seiner Umgebung, daß das Lächerliche nicht ausbleiben kann. Der Volksschullehrer auf dem Lande, der alte Scherben und römische Denare sammelt, der kleine Kaufmann, der plötzlich sein Geschäft im Stiche läßt und Griechisch lernt, um besser über den Syllogismus grübeln zu können, der Schlosser, der Walt Whitman gelesen hat und immer wieder liest und sonst kein anderes Buch — in solchen Erscheinungen deutet sich auf das klarste an, daß das Leben sich über sehr geheimnisvollen und so gar nicht zweckmäßigen Gründen bewegt. Überall hängt das Unsichtbare seine geheimen Angeln nach uns aus, und noch das kleinste, entfernteste Ding ist von jenem mystischen Leben erfüllt, von dem wir selbst ein Teilchen sind. Das Erlebnis, durch das Jakob Böhme beim Anblick eines zinnernen Gefäßes plötzlich die ganze Liebe Gottes empfand, ist keineswegs außergewöhnlicher Natur, und vielleicht ist es wichtiger, als wir ahnen, daß dieses Gefäß gerade ein zinnernes war.

Berlin

Ich glaube, daß folgendes Bild das *Entsetzen* besonders treffend zum Ausdruck bringt: Es gibt eine Art von sehr dünnem und großflächigem Blech, mittels dessen man an kleinen Theatern den Donner vorzutäuschen pflegt. Sehr viele solcher Bleche, noch dünner und klangfähiger, denke ich mir in regelmäßigen Abständen übereinander angebracht, gleich Blättern eines Buches, die jedoch nicht gepreßt liegen, sondern durch irgendeine Vorrichtung voneinander entfernt gehalten werden.

Auf das oberste Blatt dieses gewaltigen Stoßes hebe ich dich empor, und sowie das Gewicht deines Körpers es berührt, reißt es krachend entzwei. Du stürzt, und stürzt auf das zweite Blatt, das ebenfalls, und mit heftigerem Knalle, zerbirst. Der Sturz trifft auf das dritte, vierte und fünfte Blatt und so fort, und die Steigerung der Fallgeschwindigkeit läßt die Detonationen in einer Beschleunigung aufeinander folgen, die den Eindruck eines an Tempo und Heftigkeit ununterbrochen verstärkten Trommelwirbels erweckt. Immer noch rasender werden Fall und Wirbel, in einen mächtig rollenden Donner sich verwandelnd, bis endlich ein einziger, fürchterlicher Lärm die Grenzen des Bewußtseins sprengt.

So pflegt das Entsetzen den Menschen zu vergewaltigen — das Entsetzen, das etwas ganz anderes ist als das Grauen, die Angst oder die Furcht. Eher ist es schon dem Grausen verwandt, das das Gesicht der Gorgo mit gesträubtem Haar und zum Schrei geöffnetem Mund erkennt, während das Grauen das Unheimliche mehr ahnt als sieht, aber gerade deshalb von ihm mit mächtigerem Griffe gefesselt wird. Die Furcht ist noch von der Grenze entfernt und darf mit der Hoffnung Zwiesprache halten, und der Schreck — ja, der Schreck ist das, was empfunden wird, wenn das oberste Blatt zerreißt. Und dann, im tödlichen Sturze, steigern sich die grellen Paukenschläge und roten Glühlichter der Schreckempfindungen bis zum Entsetzlichen.

Ahnst du, was vorgeht in jenem Raume, den wir vielleicht eines Tages durchstürzen werden und der sich zwischen der Erkenntnis des Unterganges und dem Untergange erstreckt?

Leipzig

Traum: Ich schlief in einem altertümlichen Hause und erwachte durch eine Reihe seltsamer Töne, die wie ein nasales »dang, dang, dang« klangen und mich sofort auf das höchste beunruhigten. Ich sprang auf und lief mit gelähmtem Kopfe um einen Tisch. Als ich an der Tischdecke zog, bewegte sie sich. Da wußte ich: es ist kein Traum, du bist wach. Meine Angst steigerte sich, während das »dang, dang« immer schneller und drohender klang. Es wurde durch eine geheimnisvolle, in der Mauer verborgene Warnungsplatte hervorgebracht. Ich lief ans Fenster, aus dem ich auf eine alte, ganz schmale Gasse blickte, die im tiefen Schachte der Häuser lag. Unten stand eine Gruppe von Menschen, Männer mit hohen, spitzen Hüten, Frauen und Mädchen, altertümlich und unordentlich angetan. Sie schienen eben aus den Häusern auf die Gasse gelaufen zu sein; ihre Stimmen schollen zu mir herauf. Ich hörte den Satz: »Der *Fremde* ist wieder in der Stadt.«

Als ich mich umwandte, saß jemand auf meinem Bette. Ich wollte aus dem Fenster springen, aber ich war wie an den Boden gebannt. Die Gestalt erhob sich ganz langsam und starrte mich an. Ihre Augen waren glühend und nahmen mit der Schärfe des Anstarrens an Umfang zu, was ihnen etwas grauenhaft Drohendes verlieh. In dem Augenblick, in dem ihre Größe und ihr roter Glanz unerträglich wurden, zersprangen sie und rieselten in Funken herab. Es war, als ob glühende Kohlenbrocken einen Rost durchglitten. Nur die schwarzen, ausgebrannten Augenhöhlen blieben zurück, gleichsam das absolute Nichts, das sich hinter dem letzten Schleier des Grauens verbirgt.

Berlin

Es macht mir Vergnügen, daß ich das sonderbarste Verhältnis besitze zu einem der sonderbarsten Bücher, die es gibt, nämlich zum »Tristram Shandy«. Ich trug es während der Gefechte bei Bapaume in einer handlichen Ausgabe in der Kartentasche herum und hatte es auch bei mir, als wir vor Favreuil eingesetzt werden sollten. Da wir in Höhe der Artilleriestellungen vom Morgen bis zum späten Nachmittag in Bereitschaft gehalten wurden, begann es bald, äußerst langweilig zu werden, obwohl die Lage nicht ungefährlich war. Ich fing also an zu blättern, und die verquickte, von mannigfachen Lichtern durchbrochene Manier setzte sich bald in eine seltsame, helldunkle Harmonie zu der äußeren Situation, in der sie aufgenommen werden mußte. Nach vielen Unterbrechungen und nachdem ich einige Kapitel gelesen hatte, erhielten wir endlich Marschbefehl; ich steckte das Buch ein und lag bereits bei Sonnenuntergang mit einer Verwundung da.

Im Lazarett nahm ich die Lektüre wieder auf, gleichsam als ob alles Dazwischenliegende nur ein Traum gewesen wäre oder irgendwie zum Inhalte des Buches selbst gehörte. Ich bekam Morphium und las bald wach, bald in einer seltsamen Dämmerung weiter, so daß die tausend Schachtelungen des Textes noch einmal durch mannigfache seelische Zustände zerstückelt und eingeschachtelt wurden. Fieberanfälle, die mit Burgunder und Kodein bekämpft wurden, Beschießungen und Bombenabwürfe auf den Ort, durch den schon der Rückzug zu fluten begann und in dem man uns zuweilen fast vergaß, steigerten die Verwirrung noch, so daß ich heute von jenen Tagen nur noch die unklare Erinnerung an eine halb empfindsame, halb wilde Exaltation zurückbehalten habe, in der man selbst durch einen Vulkanausbruch nicht mehr in Erstaunen geraten wäre und in der der arme Yorick und der biedere Onkel Toby noch die realsten der Gestalten waren, die sich vorzustellen pflegten.

So trat ich unter würdigen Umständen in den geheimen Orden der Shandysten ein, dem ich bis heute treu geblieben bin.

Berlin

Swedenborg verurteilt den »geistigen Geiz«, der seine Träume und Erkenntnisse verschließt.

Wie aber ist es mit der Verachtung des Geistes davor, sich auszumünzen und in Kurs zu bringen — mit seiner aristokratischen Abgeschlossenheit in den Zauberschlössern Ariosts? Das Unaussprechliche entwürdigt sich, indem es sich ausspricht und mitteilsam macht; es gleicht dem Golde, das man mit Kupfer versetzen muß, wenn man es kursfähig machen will. Welche Sprache ist frei vom Arbeitsgeruche des Gefühlstransports? Wer im Morgenlicht seine Träume zu fixieren sucht, sieht sie dem Gedankennetz entschlüpfen wie der Fischer von Neapel jene flüchtige Silberbrut, die sich zuweilen in die oberen Schichten des Golfes verirrt.

In den Sammlungen des Leipziger Mineralogischen Instituts sah ich einen fußhohen Bergkristall, der bei der Tunnelbohrung aus dem innersten Massiv des Sankt Gotthard gebrochen war — einen sehr einsamen und exklusiven Traum der Materie.

Ich hege einen Verdacht, der die Grenzen der Gewißheit streift: daß unter uns eine erlesene Schar, die sich längst aus den Bibliotheken und dem Staub der Arenen zurückgezogen hat, im innersten Raume, in einem dunkelsten Tibet, an der Arbeit ist. Ich glaube an Menschen, die einsam in nächtlichen Zimmern sitzen, unbeweglich wie Felsen, durch deren Höhlen die Strömung funkelt, die draußen jedes Mühlrad dreht und das Heer der Maschinen in Tempo hält — hier aber jedem Zweck entfremdet und von Herzen aufgefangen, die als die heißen, zitternden Wiegen aller Kräfte und Gewalten jedem äußeren Lichte für immer entzogen sind.

An der Arbeit? Sind es die entscheidenden Adern, an denen das Blut unter der Haut sichtbar wird? Die schwersten Träume werden in namenlosen Fruchtböden geträumt, in Zonen, von denen aus gesehen das Werk etwas Zufälliges, einen minderen Grad der Notwendigkeit besitzt: Michelangelo, der zuletzt die Gesichte nur noch in Umrissen in den Marmor wirft und die rohen Blöcke in Höhlen schlummern läßt wie Schmetterlingspuppen, deren eingefaltetes Leben er der Ewigkeit anvertraut; die Prosa des »Willens zur Macht« — ein unaufgeräumtes Schlachtfeld des Denkens, das Relikt einer einsamen, schrecklichen Verantwortung, Werksäle voll Schlüsseln, fortgeworfen von einem, der keine Zeit mehr hatte, aufzuschließen. Selbst ein im Zenith Schaffender wie der Chevalier Bernini spricht vom Widerwillen gegen das abgeschlossene Werk, Huysmans im späteren Vorwort zu »A Rebours« von der Unmöglichkeit, die eigenen Bücher zu lesen. Dies ist auch ein paradoxes Bild — gleichsam eines Menschen, der das Original besitzt und einen schlechten Kommentar studiert. Die großen Romane, die nicht vollendet wurden, nicht vollendet werden konnten, weil die eigene Konzeption sie erdrückt.

An der Arbeit? Wo sind jene Klöster der Heiligen, in denen die Seele in ihren mitternächtlichen und herrlichen Triumphen den Schatz der Gnade erstritt? die Säulen der Einsiedler als Monumente einer höchsten Sozietät? Wo ist das Bewußtsein geblieben, daß Gedanken und Gefühle ganz unvergänglich sind, daß etwas wie eine geheime doppelte Buchführung besteht, in der jede Ausgabe an einer sehr entfernten Stelle als Einnahme wieder in Erscheinung tritt? Die einzig tröstliche Erinnerung knüpft sich an Augenblicke aus dem Kriege, in denen plötzlich der Feuerschein einer Explosion die einsame Gestalt eines Postens aus dem Dunkel riß, der dort schon lange gestanden haben mußte. Ihr Brüder, durch diese unzähligen und schrecklichen Nachtwachen in der Finsternis habt ihr für Deutschland einen Schatz angesammelt, der nie verzehrt werden kann.

Der Glaube an die Einsamen entspringt der Sehnsucht nach einer namenloseren Brüderlichkeit, nach einem tieferen geistigen Verhältnis, als es unter Menschen möglich ist.

Leipzig

Seien wir auf der Hut vor der größten Gefahr, die es gibt — davor, daß uns das Leben etwas Gewöhnliches wird. Welcher Stoff zu bewältigen ist und welche Mittel zur Verfügung stehen — jene Wärme des Blutes, die unmittelbar Fühlung nimmt, darf nicht verloren gehen. Der Feind, der sie besitzt, ist uns wertvoller als der Freund, der sie nicht kennt. Glaube, Frömmigkeit, Wagemut, Begeisterungsfähigkeit, liebevolle Bindung an irgend etwas, sei es, was es auch sei, kurz alles, was durch diese Zeit haarscharf als Dummheit nachgewiesen ist — überall, wo wir das spüren, geht der Atem leichter, und sei es im beschränktesten Kreis. Mit all diesem ist der einfache Vorgang verbunden, den ich das Erstaunen nenne, jene Innigkeit im Aufnehmen der Welt und die große Lust, nach ihr zu greifen wie ein Kind, das eine gläserne Kugel sieht.

Wenn wir uns der Zeit erinnern, in der wir Kinder waren, des Schweifens durch Wald und Feld, wo das Geheimnis hinter jedem Baum und jeder Hecke verborgen war, der wilden, tobenden Spiele in den dämmerigen Winkeln der kleinen Stadt, der Glut der Freundschaft und der Ehrfurcht vor unseren Idealen, so sehen wir, um wieviel blasser die Welt geworden ist. Können wir noch eine Gestalt so verehren wie Sherlock Holmes, den hageren, nervösen Helden mit der kurzen Pfeife zwischen den Zähnen, oder ist uns irgend etwas noch so wichtig wie der grüne Papagei, der dem armen Robinson auf der Schulter saß? Robert, der Schiffsjunge, und Old Shatterhand, der Rote Freibeuter und Kapitän Morgan, der den Totenkopf im schwarzen Wimpel trug, der Graf von Monte Christo mit seinen Schätzen, Schinderhannes, dieser Freund der Hütten und Feind der Paläste, Dschaudar, der Fischer, dem sein Ring die Herrschaft über dienstbare Genien verlieh, alle diese Abenteurer, Märchenprinzen, Seeräuber und edelmütigen Verbrecher – ich beklage nicht, daß sie dahingegangen sind, aber ich wünschte, daß sie mit jedem neuen Kreis, den das Leben uns öffnet, Nachfolger fänden, auf die die ganze Summe von Liebe und Glauben sich übertragen könnte, die ihnen gewidmet war.

Aber auch später, als man begann, uns mit Sie anzureden, als die Kraft versuchte, sich ganz frisch und ungeschult nach außen zu wenden – was waren das doch für Kerle, mit denen wir zusammen waren, ein Kerl jeder einzelne! – als wir die Zusammenhänge noch nicht sahen, aber wohl ahnten, wie man eine große Landschaft ahnt, wenn aus flutenden Nebeln die ersten Bergspitzen in die Höhe stoßen mit Zinnen, die in der Morgensonne funkeln, und mit Burgen, die zum Erstürmen geschaffen sind. Ja, da setzten sich die Farben zusammen, ganz frisch von der Palette, zu einem leuchtenden, schöneren Bild. Viel erwartete uns, und jeder hatte Angst, zu spät zu kommen, denn unaufhörlich rief und lockte das Wunderbare, so wie der gedehnte, schrille und kühne Schrei eines Raubvogels sich über der Einsamkeit großer Wälder wiederholt.

Damals wollten wir nicht mehr Seeräuber, Trapper und Pelzjäger werden, sondern Minister, Generale, Bankdirektoren, Dichter, Professoren und Handelsherren. Jeder Einzelne wollte aufs Ganze gehen! Ich höre es noch, wie der kleine Seebohm dieses Wort aussprach: »Exportkaufmann«. Da war das Erstaunen noch da, keine Kontore, keine Ziffern, keine Bilanzen, nein, nur das Klatschen der Wellen an den Kielen der Schiffe, Gold, Gewürze und Elfenbein, ferne Küsten mit großen farbigen Blüten und all dem bunten Dunst, der das Wunderbare verhüllt. Das waren ja keine Berufe, sondern echte, wirkliche Ideale, das durchaus Wesentliche und eigentlich Lebenswerte, von dem ein jeder ergriffen war.

Aber auch später noch! Heidelberger und Jenenser Studenten, Fähnriche mit Gesichtern wie junge Kriegsgötter über dem blutroten Kragen mit der breiten goldenen Kante, andere, die überhaupt nichts taten, um gegen die bürgerliche Ordnung zu protestieren: das waren immer noch Leute, mit denen sich umgehen ließ. Saufen und raufen und hinter den Schürzen herspüren, was schadet denn das? Zum Teufel, der Nächte sind noch nicht genug, in denen wir die Lichter bis zu den Manschetten herunterbrennen ließen. Hatte denn nicht jeder etwas, das sehr ernst genommen wurde — Ehre, Freiheit in allen Schattierungen von 1789 bis 1914, Vaterland, den Sozialismus, die Literatur, die Kunst, die Wissenschaft — sehr ernst genommen nicht aus Einsicht oder Gewohnheit, sondern noch aus dem unmittelbaren Drange des Herzens heraus, das sich an eine Sache zu hängen sucht und nach großen Worten verlangt? Nichts gegen die großen Worte — ich meine, daß es die Begriffe sind, die sich schon zur rechten Zeit einstellen werden. Bewegung muß da sein und Drang nach Bewegung; früh genug fängt das Leben sie ein und leitet sie über seinen Arbeitsgang. Wozu man da ist, das erfährt man vielleicht nie, alle sogenannten Ziele können nur Vorwände der Bestimmung sein; aber *daß* man da ist, mit Blut, Muskel und Herz, mit Sinnen, Nerven und Gehirn, darauf kommt es an. Immer auf dem Posten sein, immer rüsten, immer bereit sein, dem Ruf zu folgen, der an uns ergeht — und es ist gewiß, daß der Ruf nicht ausbleiben wird.

Ja, auch bei diesen hatte man noch das Gefühl, daß viele

Möglichkeiten ihnen offenstanden und daß mancher Weg von ihrem Standpunkt in die Ferne lief. Hätte man nicht mit ihnen allen, je nach dem Geschmack des Einzelnen, Dinge begehen können, die für den normalen Menschen ganz unsinnig sind, etwa mit Garibaldi, mit Hecker, mit dem Griechenmüller oder mit den Buren zu Felde ziehen? Nicht, daß man Derartiges tut, scheint mir wesentlich, wenn auch wir Deutschen überall unser Kontingent gestellt haben, wo auf der Welt so etwas im Gange war. Aber nur Menschen, die überhaupt dazu imstande sind, die diese Möglichkeit in sich tragen, mit sechzig Jahren ebenso wie mit sechzehn, können unsere Freunde sein. Denn nur von diesem Schlage darf man hoffen, daß er sich an Ideen entflammt und daß er sich erhebt, wenn die Gewalt auch noch so mächtig ist. Und nicht, ob solche Erhebungen glücken oder nicht, ist von Wichtigkeit, sondern daß sie stattgefunden haben. Das leuchtet noch lange zurück.

Gern denke ich an jene Zeit kurz vor dem Kriege zurück, in der ich eines Tages meine Schulbücher über die nächste Mauer warf, um nach Afrika zu ziehen. Der Dreißigjährige kann sich nicht entschließen, die Unverfrorenheit des Sechzehnjährigen zu mißbilligen, die auf die Tätigkeit von zwei Dutzend Schulmeistern verzichtete und sich über Nacht eine eindringlichere Schule verschrieb. Es entzückt ihn vielmehr ein früher, instinktiver Protest gegen die Mechanik der Zeit; und er erinnert sich eines einsamen Paktes, der durch eine geleerte Burgunderflasche besiegelt wurde, die er an einem Felsblock des Hafens von Marseille zerschmetterte.

Ich rufe jene Tage des frühen Juni in das Gedächtnis zurück, in denen sich bereits die volle Gewalt des Sommers zusammenfaßt und in denen doch das Laub sein erstes Lichtgrün noch nicht ganz verloren hat, das sich von Monat zu Monat dunkler tönt bis zur metallischen Schwärze des Stahls, auf dem sich endlich der bunte Rost des Herbstes niederschlägt. Der Himmel war blau und golden, von keinem Federwölkchen getrübt, und der Geruch der blühenden Bergwiesen jenseits des Flusses, die vor dem Schnitte standen, drang bis in die Stadt. Das Gymnasium schloß seine Pforten oft schon um elf Uhr, und das Gefühl der Festfreude, diesem zweiflügligen, sehr ernsthaften Gebäude aus gelbem Ziegelstein zu so guter Zeit den Rücken kehren zu dürfen, war um so höher, wenn es eine Mathematikstunde war, die dem Eingriff der Hitze zum Opfer fiel.

Schon beim Aufstehen, wenn die warme Luft aus dem Garten durch das Fenster meines Schlafzimmers wie durch den Rost eines großen Ofens drang, pflegte mein erster Blick dem Thermometer zu gelten, und der Gedanke, daß sie wohl nicht umhin können würden, ausfallen zu lassen, erweckte jedesmal meine Heiterkeit.

Gewiß erinnern wir alle uns gern solcher Tage, deren erster Gedanke ein heiterer war. Die frühen Sonnenstrahlen, die Mannigfaltigkeit des draußen erwachenden Lärms, das Zimmer, seine Möbel und selbst seine Wände, dies alles scheint von einem neuen Sinn erfüllt, der uns ganz und gar umgibt und mit jedem Atemzuge tiefer durchdringt. Die Entdeckung, daß das Leben aus seiner Nüchternheit herausgetreten ist, strahlt auf seine kleinsten Einzelheiten aus, und mit Erstaunen bemerken wir das Vergnügen, das darin liegt, eine Krawatte zu binden oder den Hausgenossen Guten Morgen zu wünschen.

Mit sechzehn Jahren gar besitzt diese Fröhlichkeit, die uns zuweilen beglückend überfällt, ihren besonderen Reiz. Sie ist zwar nicht mehr die ganz in sich geschlossene Freude des Kindes, dafür aber ist auch jene Zeit des Überganges vorbei, in der uns ein quälendes Mißverhältnis, das sich zwischen uns und der Welt aufwirft, bedrückt. Das Bewußtsein hat sich befestigt, und damit freuen wir uns nicht nur, sondern wir freuen uns zugleich über uns selbst.

Das uralte Städtchen, in dem ich damals lebte, war wohl dazu angetan, der Spiegel festlicher Gefühle zu sein. Ich wohnte in einem Hause, das vor Zeiten als Pachthof einer Patrizierfamilie außerhalb der Tore gelegen hatte und dem mächtige Mauern und die mit ausgezackten Eisenstäben bewehrten Fenster den Charakter einer kleinen Festung verliehen. Die Mauer, die den Garten umfaßte, war so hoch, daß nur die benachbarten Kirchtürme hineinblicken konnten, von denen mir besonders noch ein ganz einfacher, vierkantiger, den eine dunkelrote Ziegelhaube bedeckte, in Erinnerung ist. Seine Umrisse tauchen jedesmal zugleich mit dem Worte »Mittelalter« wieder in mir auf. Er war von schmalen Fensteröffnungen unregelmäßig durchbrochen, und die Art ihrer Anordnung gab ihm ein fast menschliches Gesicht. Es war ein sehr seltsames Mittelalter, das da zuweilen des Abends hereinblickte, sehr fern und doch vertraut wie der verwehte Klang von Glocken, den man an Sonntagvormittagen in der Einsamkeit der Wälder vernimmt. Manchmal, während der kurzen Pause, in der der Wind schlafen geht, wenn der Raum ausgestorben und fast luftleer schien, leuchtete die rote Kuppe satter auf vor dem blaßgrünen Streifen, der die Nacht anzukünden pflegt. Wenn dann von den mit breiten Steinplatten belegten Wegen des verwilderten Gartens mein Blick auf diesen durch die Mauerkrone halb abgeschnittenen Sonderling fiel, war es mir nicht anders, als ob sein Sockel einer vergangenen, zauberhaften Landschaft entwachsen müßte, und ich entsinne mich noch recht gut des schmerzlichen Gefühls, das mich in solchen Augenblicken ergriff. Ich habe es seither noch oft vor jenen starken, frommen und männlichen Bildern der frühen Meister empfunden, auf denen sich durch die geöffneten Fenster von Kirchen und Schlössern ein magischer Hintergrund offenbart, lockend und drohend zugleich von Felstälern, Klippen und Burgen erfüllt. Es ist das Gefühl, dem Geist einer Zeit sehr nahe zu sein, deren Wirklichkeit uns jedoch für immer entschwunden ist. In jeder geprägten Form liegt etwas verschlossen, das mehr ist als Form; eine Zeit hat ihr Siegel hinterlassen, das wieder aufglüht, wenn es vom tieferen Blicke getroffen wird. Dann ist es uns zuweilen, als ob wir die Hand nach einem wunderbaren Traumbild ausstreckten, das in demselben Augenblick erlischt, in dem wir es zu berühren wähnen. Diese Sehnsucht nach einer verschollenen Zeit, nach den leuchtenden Farben, die schon so lange verblaßten, nach der reichen und unbegreiflichen Fülle eines Lebens, das unwiderruflich dahingegangen ist — sie ist weit schmerzlicher und unstillbarer als jene andere, die die Schilderung ferner Inseln und üppiger Länder in uns erweckt.

Aber immer noch lag etwas von jener Zeit als ein feiner Hauch über der alten Stadt, als ein Medium zwischen Erinnerung und Substanz, das sich in ihren Winkeln gefangen hatte und ihre Häuser wie mit einem bräunlichen Staub zu pigmentieren schien, der, wo ihn ein Sonnenstrahl traf, überraschend aufleuchtete und goldene Ornamente schimmern ließ. Jedesmal, wenn der Frühling das Land eroberte, fand eine märchenhafte Vermählung des Alters mit der ewigen Jugend statt. Die spitzen roten Dächer, in die der Regen im Laufe der Jahre schwarze Streifen gezeichnet hatte, hoben sich reicher aus dem Grün, und der in eine breite Promenade verwandelte Ringwall war von blühenden Kastanien wie von einer Doppelschnur brennender Riesenkandelaber umstellt.

Über diesen Wall führte mich jeden Morgen mein Weg, um dann in ein Gewirr enger Gassen zu münden, deren Fachwerkhäuser sich fast mit den Giebeln berührten, jenen Giebeln, aus denen noch die behelmten Rollenbalken ragten, an denen man Kaufmannswaren in die Speicher gewunden hatte. Die Stadt hatte früher, obwohl sie tief im Binnenlande lag, der deutschen Hansa angehört. Längst war der große Handel andere Wege gegangen, aber sein Geruch haftete noch in den engen Gassen mit den sonderbaren Namen; oder vielleicht war es nur die Erinnerung an ihn, denn keiner unserer Sinne ist so trügerisch und so an das Verschollene geknüpft. Irgendein Aroma von Spezereien, von Nelkenpfeffer und Koriander, von sagenhaften Fahrten nach Batavia hatte sich eingebürgert, von Lebkuchen, die nach alten Rezepten gebacken sind, vermischt mit dem blassen Dufte des Safrans, der im Rotwein kocht. Dazwischen lagerten in Schichten die handfesteren Gerüche der lebendigen Wirklichkeit, von gegerbtem Leder und frisch gesägtem Holz, der schwere Malzbrodem eines kleinen Brauhauses und der warme Brotdunst aus dem Keller einer Bäckerei. Alle diese Gerüche besaßen ihre strenge Eigenart und waren doch wie jede Erscheinung eines organischen Lebens irgendwie aufeinander abgestimmt; sie waren in keiner Weise zu vergleichen mit dem fahlen Dunst, der sich in unseren modernen Städten eingenistet hat und dessen Bestandteile von desinfizierenden Säuren zerfressen scheinen.

Viele der Häuser waren mit Schnitzwerk bedeckt, mit schwer zu entziffernden lateinischen Worten, an denen die Kinder buchstabierten, und mit plattdeutschen Torsprüchen in gotischer Schrift, wie eine derbere Zeit sie liebte, mit goldenen Rosen und Sternen auf blauem oder rotem Grund, mit Namen und Jahreszahlen zwischen sonderbar steifem Rankengewirr. Hier war das Handwerk noch lebendig; es hatte seine Sinnbilder über die Tore gehängt, verschnörkelte Fahnen aus geschmiedetem Eisen, einen Reiterstiefel mit vorn ausgeschweiftem Schaft und mächtigem Sporn, ein Fäßchen mit Dauben aus zweierlei Holz, blitzende Kupferkessel und dergleichen mehr. Und was von den Gerüchen zu sagen war, das galt auch für die Menschen, die mir jeden Morgen begegneten. Das waren keine Individuen, wie sie der Strudel der Masse flüchtig an uns vorübertreibt, mit Gesichtern, die wie durch Masken verkleidet sind, so daß uns nach unseren Gängen von vielen Tausenden nicht ein einziges in der Erinnerung haften geblieben ist. Es waren Persönlichkeiten, jeder Einzelne, Leute von Charakter, und sogar von dem kleinen, neugierigen Barbier, der, sowie draußen ein Geräusch erscholl, noch mit dem blanken Messer in der Hand aus seinem Laden auf die Straße stürzte, ließ sich sagen, daß er, wenn auch keinen *guten* Charakter, so doch immerhin einen Charakter besaß. Und ein schlechter Charakter ist dem farblosen Verdienst gegenüber immer noch so überlegen, wie alle Erscheinungen aus der Welt der Werte denen aus der Welt der Maße überlegen sind.

Auch die Hauptstraße, die die Stadt in der Mitte durchschnitt, wies noch ein durchaus altertümliches Gepräge auf. Alles, was die beiden letzten Jahrhunderte an Schulen, Kasernen, Villen, Mietwohnungen, Fabriken und Arbeiterquartieren angegliedert hatten, lag außerhalb, weitläufig zerstreut. In die reichen, seit jenen Zeiten recht müde und verdrossen gewordenen Bürgerhäuser der Renaissance und des Barock hatte man Schaufenster gebrochen, die an solchen Tagen durch rot und weiß gestreifte Planen beschattet wurden.

Und wie es meist Kleinigkeiten sind, an die sich die Erinnerung an Stimmungen knüpft, so ruft das Bild dieser Planen, die der Straße etwas Außerordentliches gaben, verbunden mit dem Farbengewirr der verschiedenartigsten Blumen, die auf dem kleinen Markte feilgeboten wurden, und der trockenen Wärme, die schon früh aus dem Pflaster strahlte, die Erinnerung an das Gefühl eines heiteren Müßigganges zurück. Die Wärme schien mir von je das eigentliche Element des Lebens, als Trägerin einer besonderen sinnlichen Fülle, die sich, wie die Gnade, ohne Anstrengung gibt. Daher pflegte ich mich schon früh im Jahre auf die Tage zu freuen, an denen die Hitze das Harz aus den Baumstämmen kocht und die bei uns so selten sind. Es ärgerte mich, wenn an frischen Tagen im Mai der Atem noch als feiner Hauch in der Luft zu sehen war. Wenn es schon kalt war, so sollte die Kälte auch ausschweifend sein, so wie es ganz alte Leute zu erzählen wußten, mit Bergen von Schnee, unter denen die Häuser begraben wurden, und mit Eis, das die Flüsse bis zum Grund erstarren ließ.

Meine Eltern besaßen ein Treibhaus, das ich während der großen Ferien gern zur Mittagszeit aufsuchte, und manchmal, wenn die glühende Luft über dem Glasdache zitterte, dachte ich mit einem seltsamen Vergnügen, daß es wohl auch in Afrika nicht viel heißer sein könnte. Etwas heißer allerdings mußte es sein, denn gerade das fast Unerträgliche, das noch nie Erlebte war ja das Verlockende. Afrika war für mich der Inbegriff des Wilden und Ursprünglichen, der einzig mögliche Schauplatz für ein Leben in dem Format, in dem ich das meine zu führen gedachte; und es stand für mich fest, daß, sowie ich freie Verfügung besaß, ich mich dorthin zu wenden hatte. Inzwischen verschlang ich alles, was an Aufzeichnungen über dieses Land zu erreichen war, und die alte Dame in der Leihbibliothek staunte über die Geschwindigkeit, mit der ich breite Regale ihrer in schwarzes Wachsleinen gebundenen Bücher zu bewältigen wußte. Es war nicht der ganze Erdteil, der meine Aufmerksamkeit fesselte, sondern nur der breite Streifen, den der Äquator schneidet, das eigentlich tropische Land mit seinen schrecklichen Urwäldern und großen Strömen, seinen Tieren und Menschen, von jedem gewohnten Wege weit entfernt. Daß es noch Wildnisse gab, die nie ein Fuß beschritten hatte: dies zu wissen, bedeutete für mich ein großes Glück.

Mit grimmiger Freude las ich, daß Schwarzwasserfieber und Schlafkrankheit den Ankommenden schon an der Küste erwarteten und hohe Opfer forderten. Es schien mir billig, daß der Tod seinen Gürtel zog um ein nur für Männer geschaffenes Land und schon an seinen Pforten jeden zurückschreckte, der nicht ganz entschlossen war. Abbildungen jedoch vom Bau zentralafrikanischer Bahnen oder eine gelegentliche Notiz in der Zeitung über ein gegen den Stich der Tsetsefliege erfundenes Serum pflegten meine Entrüstung zu erwecken; solche Siege des Fortschrittes über die Mächte der Natur verstimmten mich sehr.

Mochten sie in Deutschland anfangen, was sie wollten, das letzte seltene Tier ausrotten, den letzten Streifen Ödland unterpflügen und auf jeden Gipfel eine Drahtseilbahn bauen — aber Afrika sollten sie in Ruhe lassen. Denn irgendein Land mußte doch noch auf der Welt bleiben, in dem man sich bewegen konnte, ohne bei jedem Schritt auf eine steinerne Kaserne und auf eine Verbotstafel zu stoßen, und in dem noch Herren möglich waren, die über sich selbst und über alle Attribute der Macht ungeteilt verfügen konnten. Daß aber die Einführung der Technik in ein solches Gebiet zugleich die Einführung der modernen Humanität und damit die Einebnung der unerbittlichen Rangordnung des natürlichen Lebens bedeutete, das war mir gefühlsmäßig klar.

Daher mochte es wohl auch kommen, daß ich für die Persönlichkeit Stanleys so wenig Vorliebe empfand. Den dunklen Erdteil zu erhellen, die Quellen sagenhafter Flüsse zu erforschen, eine Wildnis kartenmäßig festzulegen, das besaß doch etwas Widriges. Widrig war auch das Eindringen der amerikanisch-europäischen Energie in ein solches Land. Es war kein Zufall, daß dieser Mann Reporter gewesen war; seine Berichte erhoben sich nicht über eine nüchterne Mittelmäßigkeit, und der üble Geruch des Rekordes war überall in ihnen zu spüren. Das Geheimnis der Landschaft, die Seele des wilden Menschen, das Wesen der Tiere in ihrer Eigenart und Mannigfaltigkeit, ja selbst die Gefühle des eigenen Herzens, das mit einer feindlichen, rätselhaften Welt im Kampfe steht — von all diesem bewegte kaum ein Hauch die Schilderung. Es war, als ob ein Uhrwerk den großen Kongo hinuntergetrieben wäre.

Ganz andere Kerle waren da doch die alten arabischen Sklavenhändler. Diese besaßen freilich nicht jene Energie, dafür besaßen sie Vitalität. Daher wußten sie auch, was Leben heißt in einem Lande, in dem der Überfluß des Lebens regiert. Sie waren Nachkommen Sindbads des Seefahrers, reiche und würdige Gestalten in einer magischen Welt. Dörfer zu verbrennen, Sklaven zu jagen und Köpfe auf den Sand rollen zu lassen — war denn das nicht ihr gutes Recht? Man hörte von ihnen nur in der ekelhaften Melodie der Puritaner als von Schädlingen, aber war das Bestreben, diese heiße und wilde Wiege des Lebens in eine große Fabrik zu verwandeln mit Maschinen, denen man die allgemeinen Menschenrechte zubilligte und die im übrigen die Bestimmung besaßen, fünfzig Pfund Gummi im Jahre zu liefern, nicht tausendmal teuflischer — oder, noch schlimmer, tausendmal langweiliger? Nein, man mußte sich schon sehr weit entfernen, um dem allen gründlich den Rücken zu kehren. Irgendwo, ganz tief im Innern, würde es noch große Seen, melancholische Steppen und weite Wälder geben, deren Name auf keiner Karte stand.

Afrika, das war für mich die prächtige Anarchie des Lebens, die doch unter ihrer wilden Erscheinung eine tiefe, tragische Ordnung erfüllt und nach der wohl jeder junge Mensch zu einer bestimmten Zeit Sehnsucht besitzt. Dieser Hang zur Zügellosigkeit, der andererseits eine beleidigende Gleichgültigkeit mit sich brachte, muß auch, obwohl ich so dahinträumte, deutlich zu erkennen gewesen sein, denn es gab nicht wenig Respektspersonen, denen ich, wie man so sagt, auf den ersten Blick widerwärtig war. Ich liebte die untergeordneten Gefühle nicht, und das läßt sich schwer verheimlichen.

Schon am Kopf meines ersten Zeugnisses stand die Bemerkung »Aufmerksamkeit mangelhaft«, die mich dann als eiserner Bestand die ganzen Jahre hindurch begleitete. Ich hatte eine Art des Unbeteiligtseins erfunden, die mich wie eine Spinne nur durch einen unsichtbaren Faden mit der Wirklichkeit verband. So verstand ich es, wie eine Muschel die Farben auf der inneren Seite spielen zu lassen und mich gleich für vierzehn Tage und länger in sonderbare Landschaften zurückzuziehen, die ich am Morgen mit dem Schulwege betrat und die ich noch nicht verlassen hatte, wenn mir des Abends die Augen zufielen. Es waren dies in sich geschlossene Kreise der Phantasie, deren jeweiliges Motiv unendlich variiert wurde, um eines Tages durch ein neues abgelöst zu werden. So gehörte ich der großen Klasse der Träumer an, die überall, wo es Pulte gibt, reich vertreten ist.

Ich träumte rücksichtslos und mit Leidenschaft, zu Zeiten ausschließlich, und suchte mir in jedem neuen Jahre einen recht breitschultrigen Vordermann aus, hinter dem ich mich trefflich zu verbergen wußte. Besonders an den Mathematikstunden mich noch zu beteiligen, hatte ich längst aufgegeben, und die einzige Sorge, die meine beschauliche Abgeschiedenheit störte, war die, daß man eines Tages den ganzen Umfang meiner Unwissenheit entdecken würde, die schlimmer war, als der größte Verdacht es vermuten konnte. Du lieber Himmel, welcher Unterschied bestand auch zwischen dem Beweise des binomischen Lehrsatzes und den wahrhaft ariostischen Heldentaten, die ich währenddessen verrichtete. Von jener Stunde an, in der sich durch einen mir völlig unverständlichen Vorgang plötzlich die Zahlen in Buchstaben verwandelten, bis zu den eisigen Wüsteneien, in denen Differentialquotienten und dreifache Integrale ein schemenhaft schweifendes Dasein führten, beschränkte sich meine ganze Tätigkeit darauf, die Klassenarbeiten abzuschreiben. Wie staunte ich, als mich manches Jahr später ein Leipziger Privatdozent allen Ernstes für gar keinen so üblen Mathematiker erklärte.

Allerdings scheint es mir bemerkenswert, daß ich während des Abschnittes, in dem die Stereometrie im Lehrplan auftauchte, ganz unvermittelt Vergnügen beim Lösen gewisser Aufgaben empfand, was vielleicht damit zusammenhing, daß hier das plastisch Greifbare in den Vordergrund trat. Und ebenso bemerkenswert scheint es mir, daß dieses Vergnügen mich befähigte, mir die unumgänglichen Hilfsmittel, die jahrelang für mich ohne Sinn gewesen waren, binnen wenigen Tagen anzueignen. Der Mensch wird zwar erzogen, aber er bildet sich selbst. So kommt es auch, daß der Reiz des Lernens uns so oft erst aufgeht zu einer Zeit, in der wir fähig sind, unser eigener Lehrer zu sein. Aber der Geist geht niemals müßig, denn Geist und Müßiggang schließen sich aus; und wo Geist ist, da wird nach Nahrung gesucht. Was werden soll, das wird, und so mancher schlechte Schüler hat schon in drei Nächten aus dem »Robinson Crusoe« mehr gelernt, als sein Schulmeister sich träumen ließ.

Bücher waren es auch, die meiner Phantasie den Rückhalt einer festen Reservestellung boten. Auf ihre Hilfe war schon früh Verlaß gegenüber den Zugriffen des Alltäglichen; und sicher trugen sie die Hauptschuld daran, daß mein Mathematiklehrer mein Phlegma als ein unüberwindliches, ja fast unerklärliches bezeichnete, welches Wort aus diesem Munde viel heißen wollte. Allerdings irrte er sich hinsichtlich der Art meines Temperaments, das vielmehr von der Natur war, die der Franzose bei Frauen die falsche Magerkeit zu nennen pflegt — Fülle war wohl vorhanden, aber sie versteckte sich überall, wo das Leben ihr nicht in der Form von Bildern entgegentrat.

Auch hegte ich einen persönlichen Groll gegen diese hagere Oberlehrergestalt, die mir schon wegen ihrer sehr blassen, stets mit einigen Spritzern roter Tinte gezeichneten Hände und des ewigen Grau ihrer Anzüge, das sicherlich als Schutzfärbung gegen den Kreidestaub dienen sollte, unbehaglich war. Ich haßte, ohne weiter darüber nachzudenken, einen einfältigen Stolz, der sich damit zu brüsten liebte, daß eine Linie lediglich und beileibe nichts anderes als »etwas Gedachtes« und dieser Kreidepunkt nur das Hilfsmittel sei, um ein wirkliches und wahrhaftiges Nichts zu veranschaulichen. Der Begriff der Unendlichkeit wurde durch den geistreichen Satz erklärt: »Es liegt an keinem Punkte der Zahlenreihe ein hinreichender Grund vor, nicht noch Eins zuzuzählen«, kurz die ganze anschauliche und greifbare und damit auch die unbegreifliche Welt wurde einem Verfahren unterzogen, das an das Laugebad erinnert, in dem der Anatom das Fleisch von den Knochen kocht.

Demgegenüber bildeten Bücher, besonders als ich noch sehr schutzlos und auf das Mittel des passiven Widerstandes angewiesen war, einen prächtigen und uneinnehmbaren Wall. Zu der Zeit, von der hier die Rede ist, war der erste wütende Hunger schon vorüber, durch den ich, ohne es zu beabsichtigen, den Grund zu der verbreiteten Untugend legte, die man bei uns zulande als Belesenheit zu bezeichnen pflegt und die zu den gefährlichsten Fußangeln gehört, die auf dem Wege zur Bildung verborgen sind. Es war jener Heißhunger, der selbst Steine und Leder schluckt, um sich zu sättigen, und bei dem die Masse leicht den feineren Geschmack für Unterschiede und Werte schon in der Anlage erstickt.

Trotzdem fühle ich mich allen Leuten zu Dank verpflichtet, deren Aufgabe im Geschichtenschreiben besteht. Ich nehme keinen aus und könnte mir nichts denken, was ich zu seiner Zeit nicht gelesen haben möchte. Las ich doch während der Religionsstunden selbst das evangelische Kirchengesangbuch durch, besonders aber die Greuel während der Belagerung von Jerusalem unter Titus, die hinten angeheftet waren und sich sehr unauffällig studieren ließen. Glückliche Zeiten trotz allem, in denen das Was noch wichtiger war als das Wie und in denen der Erdball sich abenteuerlich bevölkerte, freilich mit Gestaltungen ohne Maß und Harmonie, im tollen und abgeschmackten, peruanischen Tempelfriesen vergleichbaren Gewirr, aber doch mit Wesen und Taten, die sich nicht um die Achse der platten Zweckmäßigkeit und des gemeinen Nutzens drehten — oftmals mit Kerlen, die die Kolportage dürftig genug zusammengeschneidert hatte, aber von denen doch noch zu spüren war, daß der unerschöpfliche Karl Moor Maß und Stoff geliefert hatte.

Glückliche Zeiten endlich trotz allem, in denen nach der ewig unvergeßlichen Entdeckung des »Robinson Crusoe« und der »Tausendundeinen Nacht«, nach den Cooper, Defoe, Sealsfield, Wörishöffer, Dumas und Sue andere Namen aufzutauchen begannen, wie Sternbilder, die groß und schweigend am unbeschriebenen Gewölbe aufziehen, um für immer ihren Platz zu wahren, durch den Rang, Grad und Richtung aller künftigen Erscheinungen sich bestimmt. War es nicht beim ersten Erlebnis des »Simplizius Simplizissimus« oder des »Don Quijote«, jener beiden von Grund auf kriegerischen Werke, die von alten Soldaten geschrieben wurden und nur von alten Soldaten geschrieben werden konnten, ein wunderbares Gefühl, zu spüren, daß hier noch etwas anderes unter der wilden und bunten Welt des Abenteuers lebendig war — wurde hier nicht eine entscheidende Lehre in der Form eines großen und neuartigen Genusses erteilt? Zur Dankbarkeit den geistigen Vätern gegenüber sind wir schon durch jenes Vergnügen verpflichtet, das wir empfinden, wenn wir so zum ersten Male ahnen, daß hinter dem Stoffe noch ein tieferes und notwendigeres Gesetz regiert. Bücher gibt es, die nur das eine zu wünschen übriglassen: daß wir sie nicht vergessen können — vergessen, um noch einmal in sie eindringen zu dürfen wie in ein zauberhaftes, völlig unerforschtes Land.

Gern kehrt man immer wieder von den Menschen in den Frieden der Bibliotheken ein. Dort, im »gotischen Gewölb«, wo sich die Bände aus Leder, Leinen und Pergament in strenger Ordnung türmen, faßt uns eine Ahnung an, daß der Grund der Welt ein geistiger ist, und gibt uns höhere Sicherheit. Ein Griff gestattet uns, aus dem unendlichen Register eine Stimme zu ziehen, die zu uns in einer reineren, reicheren und klareren Art spricht, als es dort draußen möglich ist. Wir sind eingeschlossen in die Freundlichkeit der Schenkenden. Wir fühlen voll Vertrauen, daß man uns hier nicht betrügen will um das schönere Bild der Welt, das wir so ängstlich in den Kammern des Herzens verwahren. Man wird nicht lachen über uns, wie man draußen über jeden lacht, der nicht das Gewöhnliche treibt. Wir treten in einen Kreis, der der billigen und plebejischen Überlegenheit der Ironie überlegen ist. Selbst das Häßliche wird bedeutungsvoll, der Widerstand förderlich. Ist es da ein Wunder, daß hinter so manchem die Tür dieser stillen Räume sich schon früh und für immer schloß? Einen Gruß, ihr Brüder, aus der Nacht in das Glück eurer nächtlichen Einsamkeit!

Aber ach, ich will es mir gestehen, daß ich stets zu den anderen von nicht so ruhiger Natur gehörte, denen es nicht liegt, sich von den Eitelkeiten des Lebens zurückzuziehen, und die, wenn sie eine Zeit gerastet haben, die Angst befällt, daß die Entscheidungen draußen ohne sie geschlagen werden könnten. Das ist die andere Brüderschaft, die es drängt, den Grund der Welt in der Fülle ihrer Dinge leidenschaftlich zu erkennen, und die die Maßstäbe des Herzens am Leben selbst erproben muß. Und der bunte Zug des Lebens zieht gerade an der Stille mit doppelt lachenden Jagdhörnern vorbei, mit heroischen Signalen, die sich wie aus blitzenden und in der Ferne verstreuten Reitergefechten verloren haben, und mit dem kühnen, einsamen Schrei der Raubvögel, der unwiderstehlich das junge Blut in die großen Wälder lockt.

Ja, wenn eine dieser frühen Stimmungen noch besonders warm in die Erinnerung eingebettet ist, so ist es jene, die sich dem Bussardschrei verknüpft. Es war der Gegensatz des heimlichen Waldes, dessen Laub die Sonnenstrahlen nur wie durch enge Turmfenster auf den Boden splittern ließ, und der

Stimme eines stolzen, unsichtbaren Wesens, das sich weit über den Frieden der Geniste erhoben hatte, geheimnisvoll traurig und doch vom wilden Jubel des Sieges gestählt. Das war das erste Bewußtwerden von der Pracht des nordischen Heldentums, dessen Geist noch immer vor den Hünengräbern Wache hält, jenes besten Erbteils eines Blutes, das den Gegensatz von Leben und Tod mit besonderer Tiefe und Fruchtbarkeit empfing.

Wo von diesem Blut, das auch heute noch an jeder schwirrenden Achse zischt und das letzte Schwungrad unserer Maschinen treibt, noch ein Tropfen vorhanden ist, da ist oftmals freilich wenig Unterschied in der Wirkung eines Buches oder eines Bussardschreies. Wer Ohren dafür besitzt, der hat es auch erlebt, das »Hinaus, hinan!« wenn die Hand die letzte Seite gewendet hat und der freiere Schwung einer idealen Landschaft, deren Nachbild sich auf der Netzhaut des inneren Auges kaum verwischte, noch frisch und lebendig ist. Von alten Heldenliedern stammt die Literatur, deren Grundwert ihrem kriegerischen Werte entspricht und deren Wirkung vom männlichen Gemüt als Aufforderung zum Kampfe empfunden wird.

Mögen wir niemals so alt werden, daß wir das rechte Lachen verlieren über die Taten derer, die plötzlich als Taugenichtse auf und davon gingen, weil ihnen die Bücher den Kopf verdrehten. Mögen wir im Gegenteil immer bei denen sein, die eines Morgens ausziehen, fest in den Steigbügeln und mitten in die Sonne hinein, mit dem festen Glauben an sich und die Schatzkammern der Welt. Von solchen zu hören, von ihrer Begeisterung, ihrem Kampf und Untergang, kann man nicht müde werden. Was ist dagegen der Erfolg, den der Krämer mit der Elle mißt? Mehr als den Abenteurer Balzacs, der südlich und listig in die große Stadt einzieht und der sie erobern wird, liebe ich den Helden Stendhals, in dem das nordische Feuer mit der stolzen und wilden Flamme der Wikinger und des Adels der Kreuzzüge brennt und von denen dieser merkwürdige Mensch in seinen besten Augenblikken mit einer Stimme erzählt, die zwischen Lachen und Weinen schwankt. Doch mehr noch als die Julien Sorels und die Fabricio del Dongos liebe ich den Ritter von der traurigen Gestalt.

Als mir, ich mochte nicht viel älter als zehn Jahre sein, dieses Buch eines Mannes in die Hände fiel, dem Schwert und Feder mit tieferer Notwendigkeit beieinanderlagen, da fand ich keine Spur von Humor darin. Ich las es mit einem wirklich spanischen Ernst. Daß sich hinter dem Ritter vom Monde ein Friseur verbarg und daß es eigentlich unsinnig ist, Weinschläuche mit Degenhieben zu zerfetzen — ich habe es, bei Gott, nicht gemerkt. Ich nahm an der Waffenweihe voll Ehrfurcht teil und machte unter Zittern und Zagen die furchtbare Nacht vor dem Walkmühlenabenteuer mit. Daß sie Sancho auf Bettlaken prellten, das stellte sich ungefähr in der Weise dar, daß einem wackeren Waffengenossen und ehrlichen Kumpan bitteres Unrecht geschah. Jedesmal, wenn das Schwert aus der Scheide fuhr oder die Lanze eingelegt wurde, um dem Gemeinen gegenüber Zeugnis zu geben für ritterliche Art, war ich auf meinen Herrn von der Mancha stolz. Aber was mir heute noch genau so gefällt wie damals, das ist, daß dieser Mensch kein Jüngling mehr war, als er die Hintergründe entdeckte, die die Welt besitzt. Das ist ein Schauspiel, wie das Reis der Torheit auf diesem schon dürren und angetrockneten Leben zu grünen beginnt und, von innerem Feuer getrieben, zum Urwald wird, der es undurchdringlich umstellt. Damals glaubte ich, daß man alt sein müsse, um sich auf so große und würdige Taten zu verstehen, und heute weiß ich, daß die alten Narren die besten sind.

Allerdings ist die rechte Torheit, ebenso wie der rechte Humor, eine sehr ernste Angelegenheit. Beide hängen eng mit dem Glauben zusammen, die eine mit dem an den ideellen, der andere mit dem an den moralischen Grund der Welt. Aber wenn es einmal schwer war, sich den Glauben zu wahren, dann war es in unserer so hoch gepriesenen Zeit. Der blasse Nachtrupp der Aufklärung — jener ersten, die doch wenigstens noch an die Aufklärung glauben konnte — brach schon in unsere frühen Träume ein. Wohl dem, dem es gelang, den Götzendienern der Vernunft und den Scharlatanen der Wissenschaft zum Trotz den Glauben an die lebendige Fülle der Welt zu knüpfen und an das bunte, sinnvolle und schicksalhafte Spiel, das sie bewegt. Es ist ein tieferer Lohn, der sich hinter dem verheißungsvollen Glanze des Abenteuers verbirgt. Wer wie der Abenteurer an Schicksal und Sterne glaubt, folgt wenigstens den Spiegelbildern einer höheren Wirklichkeit; für ihn ist noch nicht jeder Pfad verstellt, der aus der Welt der Zwecke in die des Sinnes führt. Daher sind denn auch oft alte Soldaten, denen von je der Charakter, der sich unter dem Zugriff des Schicksals formt und im Ringkampf mit ihm, mehr galt als der bloße Verstand, der Gnade teilhaftig geworden; und ein rührendes Bild ist das des Einsiedlers, der nach einem wilden Leben vordringt zu jener Einfalt, die die Sprache der Tiere versteht.

So sind denn auch zu Zeiten, in denen das Zweckmäßige das Leben regiert, die Herzen der Narren das einzig Unzweckmäßige und die Irrwege der jungen Leute das einzige Zeichen, daß noch ein Gefühl für andere Bahnen als die der Heerstraße besteht.

Früh schon hatte ich eine Ahnung, als ob weite Gebiete des Lebens unserer Zeit verschlossen wären, als ob alle Dinge viel brennender empfunden werden müßten und als ob es eigentlich nur unsere Masken wären, die mit solcher Geschäftigkeit ihr Wesen trieben. Schon als ich noch nicht zur Schule ging, hegte ich Verdacht, daß die Großen irgendwie Theater spielten, daß das, was ich zu sehen bekam, nur das Belanglose wäre und daß das Wichtige und Entscheidende in geheimen Zimmern abgehandelt würde. Es war die Frage nach dem Warum, die sich bei einer andersartigen Begabung vielleicht in der Form eines ersten erkenntniskritischen Zweifels geäußert hätte, so aber nur als drohende Kälte empfunden und abgewehrt wurde durch den festen Glauben an einen zwar verborgenen, doch unbedingt vorhandenen Sinn. Doch der Mensch wird größer, und es gibt immer weniger Kulissen, die er nicht auch von der Rückseite kennt. Und das größte Erstaunen, das er erlebt, ist das, daß das Leben wirklich verflucht alltäglich ist. Das Kind stirbt immer mehr in ihm und damit jene Liebe, die noch die Maßlosigkeit der Verschwendung kennt und die Unbedingtheit des Ergriffenseins.

Ich schätze die Gesprächigkeit nicht, aber ich entsinne mich hier einer flüchtigen Laune, die mich eines Tages trieb, einem Kinde, das in seinem Wägelchen saß, eines jener Spielzeuge zu schenken, die jeder Straßenhändler für wenige Pfennige verkauft. Es sind dies Dinge, die wir für gewöhnlich übersehen, gebogene Rosetten aus buntem Karton, die sich um Nadeln an roten Stielen drehen, oder Papageienfedern, die an kleinen Holzscheiben zu Windrädern geordnet sind. Das Ganze ist ein farbiges Etwas, das kreist, sehr einfach, aber gerade deshalb geeignet, die ersten Aussagen zu machen über das, was Farbe und Bewegung ist. Wir haben heutzutage wenig Zeit, auf Kinder zu achten, deshalb machte das, was ich bei dieser Gelegenheit sah, einen besonders starken Eindruck auf mich. Es war das erste Entzücken, noch von keinem Tropfen der Kritik getrübt. Große, gläubig-ungläubige Augen, ein Atem, der plötzlich stockt, fast wie durch einen jähen Schreck in die kleine Brust zurückgedrängt, und dann ein so fröhliches, heißes Begreifen und Ergreifen — soviel ist gewiß, daß wir uns sehr schämen müssen über das, was aus uns geworden ist. Wir gleichen den Erwachsenen, die überheblich durch den Trubel des Jahrmarktes schreiten, durch eine Welt des Lebens, in der nur die Kinder wirkliche Menschen sind. Es ist nicht die größte Sünde, böse zu sein, sondern stumpf, und das Wort von den Lauen, welche ausgespieen werden sollen, ist ein herrliches Wort der göttlichen Unbarmherzigkeit.

Später, als ich in die alte Stadt kam, gab mir ein wachsendes Gefühl für Werte größere Sicherheit. Einige Male war ich während der Ferien im Museum der Provinzialhauptstadt, in der ich einen Teil meiner Kindheit verbracht hatte und in der meine Großeltern wohnten. Gern verbrachte ich dort die Sonntagvormittage in der Gemäldegalerie. Obwohl ich dank einer zeitgemäßen Erziehung nicht zu glauben glaubte, denn so ist jener seltsam zwiespältige Zustand wohl am besten ausgedrückt, so wurde ich doch vor mittelalterlichen Bildern tief berührt. So fiel mir auf, daß manche der in bunte Gewänder gekleideten Gestalten höchst merkwürdige, ja beunruhigende Gesichter besaßen. Es war sehr rätselhaft, wie diese oft bäuerischen und hölzernen, wie mit dem groben Messer zugestutzten Züge dennoch ein Glanz verklären konnte, der jenseits der Möglichkeiten des Pinsels und der Farbe zu liegen schien. Da hielten Männer, die unter Steinwürfen zusammenbrachen, über denen scharfe Messer tödlich geschwungen wurden oder an denen satanische Wesen ihr blutiges Handwerk übten, das Haupt erhoben, strahlend in der Weißglut des Martyriums, während über ihnen aus zerrissenen Wolken das Leuchtauge Gottes im Dreieck erschien. Hier drang aus einer volleren Vergangenheit die Mahnung eines Sinnes, für den das Organ fast verlorengegangen war und die daher mit unbewußter Scheu wie eine Stimme aus dem Unsichtbaren vernommen wurde.

So war denn auch das Verhältnis zu anderen Bildern, in denen das Geheimnisvolle sich durch die verständlichere Sprache der Schönheit vermittelte, ein klareres. Sehr liebte ich den Brueghel, den man den Sammetbrueghel nennt und der auf winzige Gemälde eine Tiefe zu bannen verstand, die ein Gefühl des Schwindels erregt und den Betrachtenden wie mit körperlichen Armen in den Bildhintergrund zieht. Diese Tiefe scheint nicht durch die gewöhnlichen Mittel der Zeichnung und Färbung erreicht; es scheint hier vielmehr neben der künstlerischen noch eine zauberische Perspektive lebendig zu sein. Denn so muß man ja wohl den Eindruck eines Bildes bezeichnen, das unter dem Blicke zu rauchen, zu brennen, sich zu bewegen oder zu erstarren und gläsern zu werden beginnt. Dieses Gefühl einer gläsernen Welt besaß ich vor jenen kleinen Stücken in hohem Maße, vor ihren wunderlich zartgefiederten Bäumen, vor ihren strohgedeckten Hütten, die ausgestorben und doch irgendwie magisch bewohnt erschienen, vor dem schillernden Blau glasiger Flüsse, in denen sie sich spiegelten und die gleichermaßen durchsichtig und unergründlich waren. Diese Bäume waren, als ob sie gleich sprechen, diese Hütten, als ob sie gleich ihre Tür öffnen und eine sonderbare Gestalt erscheinen lassen, diese Gewässer, als ob sie gleich einen prächtigen, schuppenglitzernden Fisch als Geschenk der Tiefe aus sich hervorheben würden. Ich mußte an die Seele denken, die ich als Kind mir wie eine Maus vorzustellen pflegte: Wenn man ganz still und verloren im Zimmer sitzt, sieht man sie plötzlich aus dem Dunkel ihrer Höhle huschen, sehr vertraut, lange bekannt, und doch fremd, unheimlich, ja etwas abstoßend zugleich. Aber wie man im Zimmer überrascht, neugierig und ein wenig erschreckt, mit äußerster Schärfe diesen kleinen, grauhuschenden Schatten ins Auge faßt und kaum zu atmen wagt, so ist man gespannt wie der Jäger und geängstigt wie das Wild überall, wo die Seele für einen kurzen Augenblick im Zwielicht sich aus ihren Dickichten wagt.

Dies war auch von je der eigentliche Wert der Kunstwerke für mich. Wer sich lange und geduldig damit beschäftigte, Menschen vor die Mündung seines Gewehres zu bringen, der weiß, daß dies nur in sehr seltenen und bedeutsamen Augenblicken möglich ist, denn es gehört viel dazu, ehe der Mensch seinen Körper vergißt. Ebenso selten und für eine ebenso kurze Spanne gibt ein Kunstwerk sein Wesentlichstes preis, seine Essenz, den großen und eigenartigen Appell der menschlichen Seele an das Unendliche.

Wie und weil das Leben durchaus kriegerisch ist, so ist es auch von Grund auf bewegt. Und wie man im grimmigen und prächtigen Augenfunkeln und in der wechselnden Spannung von Sprung und Haltung die innere Bewegung des Gegners errät, so trifft zuweilen ein Satz, ein Ton, ein Vers oder ein Bild wie ein Pistolenschuß. Diese Augenblicke, die allein das Leben des Lebens würdig machen, wiederholen sich schon deshalb nicht, weil *so* nur einmal empfangen wird; alle späteren Entzückungen sind nur gespiegelter Glanz. Deshalb sollten Menschen, deren Leben sich dynamisch bestimmt, nicht die Bilder und Dinge, die sie am höchsten schätzen, stets blickgerecht in ihrer Nähe dulden. Dies mag für beschauliche Gemüter, Wissenschaftler oder geistige Arbeiter passend sein, aber nicht für Naturen, die nur dort fruchtbar sind, wo im Blitzstrahl empfangen wird. Daher kommt es auch, daß so oft Meister zweiten und dritten Ranges dem Geiste die lockendsten und heimlichsten Feste bereiten, nachdem die allgemeine Anerkennung die großen Gipfel allzu zugänglich gemacht, die fernen, heroischen Landschaften in öffentliche Anlagen verwandelt hat.

Die Ruhe des wirklichen Schauens ist nur eine scheinbare, das Schauen ist ein höchster und wildester Bewegungsprozeß. Die Schönheit läßt sich nicht durch Kunst- und Literarhistoriker vorverdauen, sie ist lebendig und geschmeidig wie ein Fisch, den es an seinen blutroten Kiemen zu packen gilt, wenn man den schnellenden und noch im sprühenden Wasser funkelnden erbeuten will.

Das Wunderbare, das tiefer als die Schönheit ist und sich durch sie als eines seiner Mittel offenbart, teilte sich so durch Träume, Bücher und Bilder mit und störte die Bestrebungen einer Erziehung, die es gänzlich zu vernichten und auszurotten suchte — oder auch zu erklären, was ja wohl dasselbe ist. Diese Unterstützung des Wunderbaren war stark, stärker, als es dem Bewußtsein klar wurde, ja manchmal sogar ins Körperliche übergreifend. Wer Sinn dafür besitzt, hat diese Angriffe des Wunderbaren auf die Welt der Tatsachen sicherlich an sich selbst erlebt, als Gleichgewichtsstörung in Augenblicken, in denen die magische Perspektive sich erschließt, als Stocken des Atems und des Herzschlages, als blitzartiges Erlöschen der Wahrnehmung und als ihr Wiedererwachen, dem, besonders nach dem optischen Einbruch gewisser Landschaften, die Welt irgendwie verändert erscheint. Sicher haben auch die Ärzte in ihrem großen Katalog von Geschmacklosigkeiten, mit denen sie die Krankheiten besprechen, diesen Zustand rubriziert.

Dicht neben jener Galerie, an die letzte ihrer Nischen sich anschließend, lag ein etwas verwildertes, aber vielleicht gerade deshalb um so anziehenderes Naturalienkabinett, vom Geruch alkoholischer Präparate, kampferiger Pulver und glasbrauner Mumiensubstanz dicht und streng imprägniert. Dort, unter den Scheiben der Vitrinen, vor denen nur selten ein halb pflichteifriger, halb gelangweilter Besucher stand, hatte sich ein seltsames Gewirr angehäuft: Prachtstücke von Muscheln, noch aus einer Zeit, in der die Leidenschaft für diesen bunten Auswurf der Tiefe mit der für seltene Tulpen wetteifern konnte, Glasschalen über mit Kolibris besteckten Zweigen, nikotingelbe Schädel, die lange Reißzähne bleckten, Gestein, lederne Häute, gesprenkelte Felle, Donnerkeile aus bernsteinrotem und flaschengrünem Feuerstein, ausgeblasene, narbig gemusterte Straußeneier, Schlangen, in lange Standröhren voll Spiritus gerollt, der ihre Schuppen entfärbt und ihre Augen mit einem weißen Fell überzogen hatte. In unzähligen flachen, mit grünem Glanzpapier bezogenen Pappkästchen, die dicht aneinander standen, lehnten Kärtchen, mit blaßbrauner, durch die Zeit ausgezogener Tusche sorgfältig bemalt, etwa »Schwertigel, Molukken, 1856« oder nur der lakonische Steckbrief der binären Nomenklatur, mit ihrem von griechischen Einschlüssen gesprenkelten Latein, durch die Anfangsbuchstaben des ersten Autors mit dem nie fehlenden Stempel versehen.

Es schien mir hinter manchem dieser absonderlichen Kunstwerke der Natur der Kopf der Maus besonders deutlich und lauernd aufzutauchen. Von welcher Seele konnte denn hier die Rede sein? Phantastische Formen bringt das Leben hervor, in seinen verschwiegenen Laboratorien und Zauberküchen im Abgrund der Meere, im glühenden Wachstumssturm überhitzter Wälder oder in seinen Steinschneidereien und Miniaturschmieden, in denen Kalk, Horn und Kieselsäure gemeistert werden. Schwer fällt es, hinter all diesem einen Sinn zu sehen, und oft setzt sich einem jener bizarren Einfälle gegenüber der Gedanke in Positur: »Dies gibt es ja gar nicht.« Aber dann überrascht uns der beglückende Augenblick, in dem das scheinbar Tote und Absurde mit einem Schlage belebt und sinnvoll wird. Es ist, als ob wir eine jener Asseln, die sich zu wie aus Onyx geschliffenen Kugeln einzurollen pflegen, auf unserem Handteller plötzlich, durch die

Wärme erregt, ihre Scharniere ausstrecken und auf geschwinden Füßen mit vorgestreckten Fühlhörnern dahineilen sähen. Tiere, die wir nur im Zustande der Ruhe kannten und die wir dann in die Bewegung übergehen sehen, vermitteln dieses Gefühl des kräftig einströmenden Sinnes überhaupt besonders stark, und es ließen sich hier viele prächtige Beispiele anführen, etwa das des Knurrhahns, der für gewöhnlich wie ein kiesfarbig gemaserter Holzkloben am Grunde liegt, um sich dann mit breiten schimmernden Flossen und bunter Unterseite als ein graziöser Schmetterling des Meeres aufzuschwingen, oder das des Rochens, dessen Umrisse sich nur wie ein Hauch auf den Boden zeichnen und der plötzlich, im wellenförmigen Spiel seiner breiten Flossensäume, dem aufgepeitschten Sande entsteigt. Aber vielleicht kommt doch von all diesen Kostbarkeiten nichts auf gegen das Schauspiel aus grüner Goldbronze und Lapislazuli, mit dem der sein Rad schlagende Pfauhahn schon so oft unsere Augen blendete und das uns doch immer wieder einen wilden Schrei des Erstaunens und der Bewunderung entreißt.

Auf diese Dinge lege ich, um dem Zustande jener Tage näherzurücken, Wert. Es war der vielen jungen Herzen wohlbekannte Zustand der Heimatlosigkeit inmitten einer engen, durch Erziehung und bürgerliche Gewohnheiten mit mancherlei Stoffblenden künstlich verspannten Welt. Man befand sich schließlich, im lauen Wohlbehagen einer liberalistischen Zeit, gar nicht schlecht dabei. Aber irgend etwas mußte doch wohl zu wünschen übrig sein. Und Wünsche, die zu lange ohne Bestimmung, ja ohne Bewußtsein bleiben, dringen zuletzt wie fällendes Gift ins Blut; sie bringen jenes Altjüngferliche hervor, das satten Generationen und ganzen Epochen eigentümlich ist. So aber leuchtete doch hier und da, im Geheimnisvollen, im Traum, im Schönen oder im Besonderen, ein Funke auf als eine beruhigende und doch zugleich spornende Bestätigung der anderen, im Weiten geahnten und dem Herzen näheren Welt. Es schien dies alles ein Versprechen des Glückes zu sein. Dieses Versprechen war wie ein von fern her klingender Ton, der tief und innig ausschwingen konnte in der schläfrigen Ruhe der alten Stadt. Es war wie ein vager Duft, von fremden Küsten verweht, in dem die Seele gierig ein Unbestimmt-Bekanntes witterte. Ja, und dieses Land des Glückes, das Land eines reicheren und sinnvolleren Lebens, der heißen, kühnen Bewegung und der großen, einsamen Abenteuer — es mußte wohl Afrika sein.

Ich sagte, daß das Ungeahnte, die magische Perspektive, das Versprechen des Glückes, den Atem stocken läßt. Der Volksglaube kennt ein schönes Beispiel für diesen Augenblick, ein Beispiel, das auch das in die Verheißung gebettete Wesen des Glückes errät. Es ist das vom Wanderer, der, vom sprühenden Bogen einer Sternschnuppe überrascht, seine Bewunderung verhält und mit schweigendem Nachdruck auf einen Wunsch versammelt, dessen Erfüllung dann nicht ausbleiben kann. So sprang auch damals, wenn ein solcher Augenblick unerwartet die Schmetterlingsflügel öffnete, ein Wunsch wie ein Pfeil von der Bogensehne: der Wunsch, die erhabenen, bunten und giftigen Wunder des dunklen Erdteils zu schauen, nach dem jeder von uns einmal Sehnsucht trug und der doch für jeden einen anderen Namen besaß — — — oder noch heute besitzt.

Berlin

Der erste Traum in der neuen Wohnung war wenig erfreulicher Natur. Ich schritt eine staubige, langweilige Straße entlang, die sich durch eine hügelige Wiesenlandschaft zog. Plötzlich glitt eine herrliche, stahlgrau und distelblau gemusterte Natter an mir vorbei, und obwohl ich das Gefühl hatte, sie aufnehmen zu müssen, ließ ich es zu, daß sie im dichten Grase verschwand. Dieser Vorgang wiederholte sich, nur wurden die Schlangen immer matter, unansehnlicher und farbloser; die letzten lagen sogar tot und schon ganz von Staub überzogen auf dem Wege. Bald danach fand ich einen Haufen von Geldscheinen in einer Pfütze verstreut. Ich las sorgfältig jeden einzelnen auf, säuberte ihn vom Schmutz und steckte ihn ein.

Leipzig

Ein kleines Beispiel für das Denken im Traum: Ich saß mit einem anderen zusammen an einem Tisch, der mitten in einer einsamen Landschaft stand, und spielte. Der Tisch befand sich am Grunde einer tief ausgeschachteten Grube, deren Ränder von schwarzen Kohlenbändern durchzogen waren. Ich stand gerade im Begriff, eine riesige Summe einzusetzen, als mir der Gedanke durch den Kopf schoß: der Kerl spielt vielleicht kein ehrliches Spiel. Dann sagte ich mir jedoch wieder: dieser Tisch muß, bis er auf den Grund der Grube gesunken ist, so lange Zeit gebraucht haben, daß unendlich viele Spiele auf seinem Tuche ausgetragen sind. Wenn dieser Mensch also nicht ehrlich spielte, müßte es längst einmal herausgekommen sein. Und Geld muß er auch besitzen, denn warum sollte es gerade, wenn er mit dir hier spielt, zu Ende sein? Das wäre höchst unwahrscheinlich. Ich setzte also ein.

Diese Überlegung, die noch weit komplizierter war — so zog sie unter anderem das Alter der Gesteinsschichten in der Grube zu Rate und rollte gleichsam die ganze Geologie für ihre Schlüsse auf — blitzte mit unendlicher Geschwindigkeit auf und wurde ebenso schnell abgeschlossen. Es war kein Nacheinander, sondern alles wurde gleichzeitig übersehen. Das Unlogische und Unwahrscheinliche trat ganz zurück, dagegen war ein Bewußtsein großer Listigkeit stark ausgeprägt.

So ist es im Traum — in ihm ist alles Ahnung, Anklang und Ähnlichkeit, im Wachsein dagegen Bestimmtheit, Logik, Kongruenz.

Leipzig

Traum: Wir standen in einer alten Klosterkirche beisammen, in prächtige rot- und goldgestickte Gewänder gehüllt. Unter den versammelten Mönchen waren einige, darunter auch ich, die im geheimen einem neuen Glauben anhingen. Unser Führer war ein noch junger Mensch, der kostbarer als alle anderen gekleidet war. Es lag eine unheimliche Stimmung über dem gotischen Raum, in dem sich bunte Lichtbalken kreuzten und von dessen Altären Steine und Metalle schimmerten. Es war sehr kalt.

Plötzlich wurde unser Führer hinterrücks ergriffen und auf eine Chorbank gerissen. Vor sein Gesicht wurden zwei vergoldete Wachskerzen gehalten, die sprühend brannten und einen betäubenden Geruch verbreiteten. Dann wurde er bewußtlos auf einen Altar geschleppt. Eine Gruppe von Mönchen mit Gesichtern von einer Bosheit, wie sie bei den Folterknechten der alten Passionsbilder zu finden ist, umringte die liegende Gestalt; blanke Messer blitzten auf. Es war nicht zu sehen, was geschah; ich nahm nur mit Entsetzen wahr, daß die Mönche Kelche zum Munde führten, mit einer milchigen Flüssigkeit gefüllt, auf der sich ein blutiger Schaum kräuselte.

Alles ging sehr schnell vor sich. Die furchtbaren Gesellen traten zurück, und der Gemarterte erhob sich. Sein Gesicht sagte, daß er nicht wußte, was mit ihm vorgegangen war. Es war alt geworden, eingefallen, blutleer und weiß wie gebrannter Kalk. Mit dem ersten Schritt, den er vorwärts tun wollte, schlug er leblos zu Boden.

Dieses Exempel erfüllte uns mit ungeheurer Angst.

Berlin

Meine Überzeugung, daß alles, was uns auf der Tagseite des Lebens an reifen Früchten zufällt, sich auf der Nachtseite bildete, habe ich durch die eigene Erfahrung oft bestätigt gefunden.

Bezeichnend scheint mir unter anderem, daß man zuweilen nach der Beschäftigung mit Werken, um deren Sinn man sich angestrengt bemühte, am nächsten Morgen mit dem Gefühl erwacht, während des Schlafes ununterbrochen in derselben Richtung tätig gewesen zu sein und sich gleichsam in den Waffen dieses fremden Geistes geübt zu haben.

Es ist, als ob ein neues Stromsystem sich in der inneren Landschaft seine Bahnen gegraben hätte. Obwohl man sich erinnert, fortwährend auf das schärfste nachgedacht zu haben, wird man sich doch nicht des geringsten Gedankens entsinnen können. Es sind auch gar keine Gedanken jene Ströme hinuntergeflossen, sondern ein weit wichtigerer spiritueller Äther, ein feines Medium, das die Gedanken trägt, hat sich in den Vorformen und rhythmischen Wirbeln, die der Eigenart eines Denkens zugrunde liegen, bewegt. Nicht ein fremder Inhalt hat sich vermittelt, sondern es hat sich die Leitung angesponnen, die die Aufnahme dieses Inhaltes erst möglich macht. Man kann diesen Vorgang mit den feinen Strahlungserscheinungen vergleichen, die bei der Befruchtung des Eies zu beobachten sind und durch die die Einschmelzung des fremden Kernes vorbereitet wird. Man hat sich in einem Kampfe sehr vegetativer Natur die innere Basis für die Eigenart eines Geistes geschaffen und wird sich nun erst des sicheren Genusses seiner Formen und Äußerungen erfreuen können.

Ein Merkzeichen dieser unterirdischen Vorgänge ist es, wenn uns plötzlich die Schuppen von den Augen fallen. Es ist ja nicht so, daß wir mit den Grubenlichtern des Verstandes in die Schächte und Quergänge eines Systems eindringen und die geheime Ordnung erhellen, sondern das Verständnis wächst uns nur zu, wenn sich ihm auch in uns selbst der innere Fruchtboden entgegenwölbt. Seine Bildung untersteht nicht dem Werk und dem Bewußtsein, sondern der Gnade und der Dunkelheit.

Für den, der dieses magische Verständnis einer Erscheinung gewonnen hat, tritt die Erscheinung selbst in die zweite Ordnung zurück, ähnlich wie für den, der den Hauptschlüssel eines Hauses bei sich trägt, die Schlüssel zu den einzelnen Räumen von geringerer Bedeutung sind. Ein einziges Bild eines Meisters im Sinne erschlossen zu haben, ist wertvoller, als sein ganzes Werk zu kennen — ja wer den magischen Schlüssel besitzt, kann dem Schöpfer eines Werkes, das er niemals gesehen hat, unendlich verwandter sein als ein anderer, dessen Leben unter dem Studium dieses Werkes verfloß.

Es ist das Kennzeichen der Geister erster Ordnung, daß

sie im Besitze des Hauptschlüssels sind. So dringen sie, wie Paracelsus mit der Springwurzel begabt, mühelos in die speziellen Kammern ein, sehr zum Ärger der Leute vom Fach, die ihre Registraturen mit einem Schlage außer Kraft gesetzt sehen.

So erinnern unsere wissenschaftlichen Bibliotheken an das geologische Weltbild Cuviers: Lagerstätten von Fossilien, an ein geschäftiges Treiben gemahnend, das der katastrophale Einbruch des Genies Schicht um Schicht niederschlug. Daher kommt es denn auch, daß das frische Leben in diesen Ossuarien des menschlichen Geistes jene Beängstigung empfindet, die die Nähe des Todes erweckt.

Eine sinnvolle Erscheinung bietet sich dem intellektuellen und dem magischen Verständnis, von denen hier die Rede ist, in sehr verschiedener Weise dar. Sie gleicht einem Kreise, dessen Peripherie sich bei Tage in aller Schärfe abschreiten läßt. Nachts jedoch verschwindet sie, und der phosphorische Mittelpunkt tritt leuchtend hervor wie die Blüte des Pflänzleins Lunaria, von dem Wierus in seinem Buche »De Praestigiis Daemonum« erzählt. Im Lichte erscheint die Form, im Dunkel die zeugende Kraft.

Von hier aus läßt sich auch Aufschluß gewinnen über jenes Gefühl, das jeder wohl zuweilen empfindet und das auch wohl jeden hin und wieder beunruhigt hat, nämlich eine ganz bestimmte Lage bereits früher einmal in allen ihren Einzelheiten erlebt zu haben. Dieses Gefühl ist schon insofern beachtlich, als sich an ihm, selbst bei einfachen Naturen, eine erste, naive Erkenntniskritik anzusetzen pflegt. So entsinne ich mich noch recht gut der Aufregung, die einen Kameraden während eines Kriegsmarsches befiel, als hinter einer Waldecke ein Dorf auftauchte, von dem er, obwohl er nie zuvor in dieser Gegend gewesen war, behauptete, es bereits einmal gesehen zu haben — ja er wollte schon während des Weges auf seinen Anblick vorbereitet gewesen sein. Er schob dies auf einen Traum, aber damit war gewiß wenig erklärt.

Die Auslegungen, die die Psychologen von Metier diesem alltäglichen Erlebnis gegeben haben, beziehen sich, soweit sie mir zu Gesicht gekommen sind, auf die Assoziation, besonders auf die durch den Geruchssinn angereizte. Diese Erklärung kann nur auf der Oberfläche, nur bei Tage befriedigen, weil sie auf die Wahrnehmung gegründet ist. Im wesentlichen jedoch sind wir es selbst, die das Erlebnis gestalten; daher führt sich auch auf diese Gestaltung die wesentliche Erinnerung zurück. Mögen wir, wenn wir in eine Kammer treten, dieselbe Tür bereits einmal erschlossen haben, möge es eine ähnliche gewesen sein, mögen wir es nur geträumt haben oder nichts von alledem — das alles hat mit der Wirklichkeit wenig zu tun. Aber daß wir allein im Besitze des magischen Schlüssels sind und daß *ein* Schlüssel tausend Schlösser zu sprengen vermag — das ist eine innerste und unumstößliche Wirklichkeit. So können wir eine ganze Landschaft in ihren geheimsten Zügen bereits lange zuvor in einem menschlichen Gesichte geschaut haben, und so kehrt im späteren Erlebnis mancher Kindertraum zurück. Oft überfällt uns dieser Schauer vor den Meisterwerken der Kunst oder der Natur, weil sich in ihnen gerade unser notwendigstes Wesen wiedererkennt. Byron:

> Sind Berge, Wellen, Himmel nicht ein Teil
> Von mir und meiner Seele, ich von ihnen?

Warum sollten nicht auch Dinge und Erlebnisse zurückkehren, die tief unter den Siegeln der Zeit vergrabenen Träumen zugehörig sind?

> Ach, du warst in abgelebten Zeiten
> Meine Schwester oder meine Frau.

Unser Verborgenstes und Lebendigstes ist es, dessen Charaktere sich uns zuweilen in Gestalten und Erlebnissen offenbaren, daher scheinen sie uns in solchen Augenblicken so unendlich vertraut, und daher vollzieht sich das Wiedererkennen mit einem Gefühl unbedingter Notwendigkeit, wie es ein bloßes Wiedererkennen äußerlicher Situationen gar nicht hervorbringen könnte. Wiedererkennen, Uns-Erinnern, das ist eine der tiefsten Anstrengungen, deren wir fähig sind, deshalb führt sie uns mit Sicherheit auf unseren magischen Ursprung zurück. Es ist eins der besten Kennzeichen gemeiner Naturen, daß, soviel Gedächtnis sie auch besitzen mögen, sie doch der Erinnerung nicht fähig sind. Daher geht ihnen auch, wie so vieles, die Dankbarkeit, die Ehrfurcht vor dem tieferen, unpersönlichen Leben und die höchste Kühnheit gegenüber dem Tode ab. Das Tier dagegen, über dessen Gedächtnis man sich streiten mag, besitzt Erinnerung. Jede Tierpsychologie setzt allerdings Magie, setzt Kenntnis vom zauberhaften Wesen des Lebens voraus.

Es wäre merkwürdig, wenn die Erinnerung nicht eine große Rolle spielte in den Berichten von Menschen, die bereits einmal die Schwelle des Todes fast überschritten hatten. Der Tod ist unsere stärkste Erinnerung, denn jede Erinnerung ist auch eine Entäußerung, und wo entäußerten wir uns in höherem Maße als hier? Deshalb hat auch der Opfertod vor allem von je die Aufmerksamkeit des wirklichen Menschen erregt, weil in ihm das Leben bewußt seinen Akzent auf die Innigkeit der Erinnerung und nicht auf den Schmerz der Entäußerung, auf das Licht und nicht auf den Schatten, auf den glühenden Punkt und nicht auf den Umkreis, auf die zeugende Kraft und nicht auf die Form verlegt.

Was mich besonders fesseln würde an jenen Augenblikken, in denen das ganze Leben noch einmal vorüberzieht, das wäre die Reihenfolge, in der die Bilder sich vorstellten. Gibt es vielleicht Fälle, in denen sie umgekehrt durch die Erinnerung jagen — so daß sich ein hoher Grad von Klarheit wieder in die Träume der Kindheit verliert und endlich ins Dunkle schießt? Ob es eine umgekehrte Embryologie des Todes gibt, die alle Entwicklungsgänge des einzelnen Lebens wiederholt und zusammenfaßt als die niedere Vorform und Keimgeschichte einer höheren und wesentlicheren Existenz, die sich im Augenblicke größter Dunkelheit gebiert — in *dem* Augenblicke, in dem die Nabelschnur zerreißt, die uns der Welt der Materie und ihren Zufällen verband?

Das Leben ist eine Schleife, die sich im Dunkeln schürzt und löst. Vielleicht wird der Tod unser größtes und gefährlichstes Abenteuer sein, denn nicht ohne Grund sucht der Abenteurer immer wieder seine flammenden Ränder auf.

Drei Dinge gibt es, die Welle, die Wolke und die Flamme, die Schlüssel zu allen Formen sind. Daher hat es auch immer liebenswerte Kabbalisten gegeben, die gern auf jede Gesellschaft verzichteten, wenn sie nur in guter Ruhe in das Wasser, in die Luft oder in ein tüchtiges Kaminfeuer starren konnten. Drei Zustände gibt es, die Schlüssel zu allen Erlebnissen sind: den Rausch, den Schlaf und den Tod. Daher hat es auch nie an wilden Zechern des Lebens gefehlt, nie an den heiteren und düsteren Aristokraten des Traumes, nie an Kriegern, Landsknechten und Abenteurern, kurz nie an solchen, denen die ganze Welt der Arbeitgeber und -nehmer, der Krämer und des Geldes höchst gleichgültig ist. Möchten sie sich nie irre machen, nie über ihren Rang hinwegtäuschen lassen, denn *sie* sind es, aus deren Träumen jede Ordnung sich bildet und denen jede Ordnung wieder zum Opfer fällt. Die Ordnung selbst wird unnütz, sobald sich in ihr der große Traum nicht mehr verwirklichen läßt. Einer der tiefsten Träumer, Novalis, ein Deutscher:

Wenn man in Märchen und Gedichten
Erkennt die wahren Weltgeschichten,
Dann fliegt vor *einem* geheimen Wort
Das ganze verkehrte Wesen fort.

Merkwürdigerweise habe ich gerade bei Maupassant, diesem üppigeren Auge auf der naturalistischen Brühe, vielleicht eine der ausgezeichnetsten Ausführungen angetroffen, die sich über das Verhältnis des magischen Lebens zum logischen Denken machen läßt. Es handelte sich um einen kurzen Aufsatz über den Äther, von dem ich damals eine Übersetzung anfertigte, die mir aber inzwischen verlorengegangen ist.

Wenn ich mich recht entsinne, schilderte er den seltsamen Zustand eines sich steigernden Rausches, eines sehr männlichen Rausches, während dessen eine Reihe der scharfsinnigsten Überlegungen angestellt wurde. Die Thesen und Antithesen waren jedoch nicht in Worte und Sätze gefaßt, sondern vertraten sich durch Stimmen, die als eine Art von brausender Musik wahrgenommen wurden. Es traten jeweils mehrere Stimmenpaare gegeneinander an, die sich nach der Erschöpfung der verwegensten Möglichkeiten endlich unter einem starken Lustgefühl miteinander vereinigten. Aus dieser Vereinigung brachen neue, tiefere Stimmen hervor, um dasselbe Thema in eine dunklere Schicht hinunterzutreiben, und so setzte sich dieses geheimnisvolle Spiel in einer ungeheuren Architektonik von Stufungen fort. Mit dem Gehalt an Wahrheit und Gültigkeit wurden die Stimmen tiefer, und im gleichen Maße wuchs das Gefühl der Lust. Auf jeder Stufe wurden die Schlüsse wesentlicher und vielsagender und doch zugleich einfacher. Endlich blieb bei diesem Absturz in den Brunnen der Erkenntnis eine einzige Stimme zurück, ein dunkles Gemurmel, das sich dem absoluten Punkte, der Zone der Urworte zu nähern schien. Und als nichts mehr zu denken, nichts mehr aufzuschließen blieb, schwieg auch sie. Es wurde still; die letzte Lust und die letzte Erkenntnis schnitten sich in der Bewußtlosigkeit.

Tritt bei diesem Zustand nicht die Rolle der Gedanken sehr einleuchtend hervor? jene Rolle, deren Einsicht Hamann veranlaßt, das Denken ein Kleid der Seele zu nennen, und Rimbaud, den Vokalen ein verborgenes Leben zuzuschreiben, das den Worten eine unergründliche Bedeutung verleiht? Es ist ein Denken ohne Gedanken, die Sensation des Denkens, die hier geschildert wird. Gedanken sind bunte Frachten, die auf dunklen Wassern schwimmen, und alles Wissensgut hat etwas sehr Zufälliges, sehr Aufgelesenes. Es wird durch die Plätze, bei denen wir anlegen, und durch das, was dort gerade vorrätig ist, bestimmt. Einmal eingeladen jedoch, macht es die Strömung und Stauung des Flusses, seine Windungen, Wirbel und Tänze mit. Vom Strome des tieferen Lebens, der ihn trägt, und nicht durch sich selbst erhält der Gedanke seine Feinheit, Wucht und Gefährlichkeit. Daher ist es auch von hohem Wert, daß alles, was auf der Welt an Gedanken vorhanden ist, in Deutschland noch einmal durchdacht, das heißt, auf deutsche Schiffe geladen wird. Und daher besitzt auch alles, was durch Denken entstanden ist, einen mittelbaren Lebens-, also Kampfwert, insofern es von einer kriegerischen Grundhaltung zur Rüstung verwandt werden kann. Ein Beispiel ist die Technik, in der nicht die kleinste Erfindung gemacht werden kann, die nicht ihr verborgenes potentiel de guerre besitzt. Ihre Sprache klingt grundverschieden, je nachdem, ob es der Händler oder der Krieger ist, der sich ihrer bedient.

So ist auch im Verkehr mit Menschen, und in dieser unserer Zeit ohne Haltung und Norm ganz besonders, der magische Schlüssel von Wert, durch den man unter dem, was einer sagt, erkennt, was seine Worte bewegt. Wirkliche Gemeinschaften, also Gemeinschaften im Wesentlichen, können heute nur auf diese Weise geschlossen werden. Schulen, Parteien, Dogmen mögen in Zeiträumen der Ordnung ihre Aufgabe erfüllen, denn hier spielt die Zeit selbst die Rolle des gleichmäßig tragenden Stroms. In chaotischen Zuständen jedoch, in denen jeder Einzelne sich irgendwie durch die Zeit verraten und betrogen fühlt, verlangt der Mensch eine unmittelbare Hilfe in seiner Not. Im Wirbel stellt sich der trügerische Charakter der Worte heraus, und auch der schnellste Takt der Gesetzgebung bleibt hinter dem Marsche des Lebens, das in jedem Augenblick sein Recht verlangt, zurück. Daher wird jede abstrakte Verständigung müßig, der Umweg über das Hirn führt zu immer schmerzlicheren Enttäuschungen, und die Notgemeinschaften fühlen, daß es nunmehr an der Zeit ist, sich nicht mehr auf die Formen des Lebens, sondern auf dieses Leben selbst zu beziehen. Hier zeigt sich, was das Dasein noch an durch die Reflexion ungebrochenen Instinkten, an Bildern und Symbolen, an innerer Strömung, an magischer Währung besitzt. Ob der Ersatz der Ordnung durch die Person, ob *Führertum* noch möglich ist, das heißt, ob noch ein Mensch möglich ist, der über den magischen Schlüssel zur innersten Herzkammer aller anderen verfügt und der unter den hunderttausend Haltungen, Überzeugungen, Richtungen, Gesinnungen, Bekenntnissen die geheimste Strömung, den letzten Willen erfaßt, der sie trägt — das zeigt sich hier.

»Philosopheme: Verstandesträume.« Diese Notiz aus Hebbels Tagebüchern deutet an, was jedes Studium eigentlich erst fruchtbar macht. Es ist das Bestreben, durch das Gedachte hindurch die Schicht zu erreichen, die das Gehirn denken ließ — das Bestreben, die Gedanken transparent zu sehen. Nur so lösen sich auch die Widersprüche, die selbst der klarste Geist in Hülle und Fülle aufzuweisen hat — wie es ja überhaupt das Kennzeichen eines kräftigen und insbesondere des deutschen Denkens ist, daß es die Widersprüche nicht scheut. Es gilt, jene Schicht zu erreichen, von der Pascal sagt: »Jeder Autor hat einen Sinn, in welchem alle entgegengesetzten Stellen sich vertragen, oder er hat überhaupt gar keinen Sinn.«

Wie sehr die Gedanken nur Mittel sind, ergibt sich aus der gewiß sonderbaren Tatsache, daß wir sie erst zerstören, auflösen, »verdauen« müssen, um sie fruchtbar zu machen. Man muß es mit den Systemen treiben wie die Kinder mit den Blättern, die sie so lange mit der Bürste klopfen, bis nur das feinste Adergewebe noch zurückgeblieben ist.

Übrigens verhält es sich mit der Dichtung nicht anders; sie gibt nur den Ausdruck eines Gefühles, nicht das Gefühl selbst, das gleichsam zwischen den Zeilen steht oder nur durch die Fenster zu erspähen ist, die durch die Mauern der Worte gebrochen sind. Daher macht gerade der einfachste und natürlichste Ausdruck der Dichtung, das lyrische Gedicht, die Gabe des magischen Schlüssels unbedingt erforderlich, denn da hier reine Magie am Walten ist, bleibt nichts zur Befriedigung handgreiflicherer Bedürfnisse zurück, wie sie am Epos, am Roman oder am Drama doch immerhin möglich ist. Dagegen setzt eine Strophe Hölderlins der blinden Masse das höchste Maß an Widerstand entgegen, das sich überhaupt ausdenken läßt. Damit hängt es auch zusammen, daß die Lyrik, also eine der aufschlußreichsten und wesentlichsten Äußerungen der Völker, unübersetzbar ist. Nur die Sprache der Krämer ist international.

Allerdings hat sich in der reinen Dichtung der unnachahmliche und unübertragbare Klang der Worte dem geheimen Wesen so angeschmiegt und einen solchen Grad der Identität mit ihm erreicht, daß, wenn die Aufnahmefähigkeit vorhanden ist, die Erschließung mit ungemeiner Leichtigkeit erfolgt. Daher hat es auch immer Versuche gegeben, Philosopheme durch den Vortrag mit dichterischen Mitteln in ihrer Eindringlichkeit zu steigern, und daher stößt man auch so oft auf ganz naive Naturen, die ihren Jakob Böhme, Angelus Silesius oder Swedenborg aller Schulweisheit zum Trotz mit dem größten Profit in sich aufgenommen haben.

Berlin

Ein tragikomischer Traum: Ich irrte inmitten einer großen Stadt, ich glaube, es war Amsterdam, durch ein Ghetto voll niedriger Häuser und Brücken. Fortwährend traten aus den Hauseingängen Männer an mich heran und raunten mir Sätze zu, die ich nicht verstand, die mich jedoch sehr beunruhigten. Endlich kam ein Mädchen und nahm mich mit, zu einem Experiment, wie sie sagte. Sie führte mich in ein riesiges Universitätsgebäude. Wir traten in ein Zimmer voll Präparaten, Instrumenten, weißmäntligen Ärzten, Studenten und Studentinnen. Es handelte sich darum, festzustellen, ob eine gewisse Schlangenart durch den Magensaft und überhaupt durch die menschliche Verdauungstätigkeit in ihrer Lebenskraft beeinflußt würde. Dazu mußte eine dicke grünschwarze Viper, die mit zugebundener Schnauze in einer flachen Glasschüssel lag, verschluckt werden. Niemand wollte das Experiment wagen; es wurde viel geredet, bis zuletzt alle auf mich eindrangen, von Ungefährlichkeit, Mut, Selbstüberwindung im

Dienste der Wissenschaft sprechend, kurz mir sehr geschickt den point d'honneur zuschiebend. Auch meine Führerin bat mich sehr und versprach mir eine Nacht. Halb gezwungen gab ich nach, man hielt mich auf einem Stuhle fest und schob mir, mit Glasstäben und langen gebogenen Pinzetten nachhelfend, die Schlange mit Gewalt in den Mund.

Dann nahm mich das Mädchen wieder mit. Es wohnte in einem großen, verwinkelten Hause. Ich wurde unter Vorsichtsmaßregeln in ein Schlafzimmer geführt und legte mich in ein mächtiges Bett. Meine Freundin zeigte vielsagend auf einen Klingelknopf und verschwand. Nachdem ich lange gelegen hatte, drückte ich auf den Knopf. Sofort entstand Lärm im Hause, die Tür meines Zimmers sprang auf, und eine Familie von sehr bösartigen Gestalten erschien vor meinem Bett. Alle richteten ihre röhrenförmigen Zauberstäbe gegen mich.

Ich sagte mir: »Mut, du liegst ganz gemütlich in deinem Bett«, griff nach dem Kontakt und schaltete Licht ein. Allein zu meinem unbeschreiblichen Schrecken erreichte ich nur, daß das Zimmer nun in einem geisterhaft strahlenden Violett schwamm, während sich die Gestalten noch drohender gegen mich bewegten.

Vor Entsetzen erwachte ich zum zweiten Male, um gleich wieder einzuschlafen.

Dies ist eins der verborgenen Blendwerke und magischen Fangnetze, über welche die Traumwelt verfügt: das Gefühl des Erwachens innerhalb des Traumes selbst, hervorgerufen durch den Übergang in eine scheinbar hellere und bewußtere, in Wahrheit jedoch dunklere Schicht. Dort, wo der Almandin am klarsten funkelt, ist der Stollen am dunkelsten.

Von Traumbildern umstellt, sucht der geängstigte Geist ihre Macht zu bannen durch den Zweifel an ihrer Wirklichkeit. Man träumt zu träumen, und man erweckt sich zu einem neuen Traum. Nunmehr, nachdem man das Tor eines vermeintlichen Erwachens durchschritten hat, gerät man in die Gewalt jener Gespenster im Mitternachtslicht, an deren Erscheinung jeder Zweifel wie Glas zerschellt. Alles ist überzogen vom Anstrich der Wirklichkeit.

Der Zweifel, dieser Vater des Lichtes, ist zugleich einer der Erzväter der Finsternis. Wir sind in die zuckende Nacht des Unglaubens getaucht, von der der höllische Aspekt unserer im Lichte flimmernden Städte ein schreckliches Gleichnis ist. Die Geometrie der Vernunft verschleiert ein diabolisches Mosaik, das sich zuweilen erschreckend belebt; wir erfreuen uns einer furchtbaren Sicherheit. Unser Weg führt durch eine Landschaft, die die Wissenschaft immer enger mit ihren Kulissen verstellt — jede ihrer Großtaten macht ihn zwangsläufiger, und über sein Ende kann kein Zweifel sein. Nicht mehr zweifeln können, selbst der Schattenseite des Glaubens nicht mehr teilhaftig sein: das ist erst der volle Zustand der Gnadelosigkeit, der Zustand des Kältetodes, in dem selbst die Verwesung, dieser letzte dunkle Hauch des Lebens, sich verloren hat.

Daher haftet den Erscheinungen und Menschen der absoluten Zivilisation auch etwas seltsam Konserviertes an; sie erinnern an jene Mumienköpfe, die mit polierten metallischen Masken überzogen sind. Der moderne Sport, der Vergnügungs-, Literatur-, Museums- und Hygienebetrieb und was dahingehört, entsprechen einer arktischen Zone des Gefühls — lappländische Arbeit, wie E. Th. A. Hoffmann sagen würde. Wie kommt es, daß diese herrlichen Frauenkörper, trainiert, sonnengebräunt und mit allen Mitteln der Kosmetik in Form gebracht, für den Appetit so fade wie kalifornische Äpfel sind? Das, was ich die Walt Whitmansche Epidermalverhärtung nenne, dieser Absturz des Puritanismus in die Naturheilkunde, ist freilich unter das Niveau des Bösen hinabgesunken; es ist die Auszehrung der Erbsünde durch Sterilität. Diese völlige Neutralität, diese totale Farbenblindheit der Zivilisation, die sich unter anderem in der Verwechslung des Verbrechens mit der Krankheit, der Werte mit den Zahlen, des Fortschrittes mit der Erlösung offenbart, ist dennoch eine letzte Konsequenz des Bösen, wenn dieses auch nicht mehr virulent vorhanden ist — ähnlich wie die Spirochäte im metaluetischen Stadium. Diese moralische Kastration, die völlige Ausschneidung des moralischen Bewußtseins bringt einen seltsamen Zustand hervor, in dem der Mensch aus einem Diener des Bösen in eine Maschine des Bösen verwandelt wird. Daher kommt es, daß das Individuum einen mechanischen, das ganze Getriebe aber einen satanischen Eindruck erweckt.

Ich glaube, in dem bemerkenswerten Roman von Kubin »Die andere Seite«, in dem sich die tiefe Angst der Träume niedergeschlagen hat, fand ich zum ersten Male das Gefühl angedeutet, daß ein Großstadtcafé einen teuflischen Eindruck erwecken kann. Es ist sonderbar, daß dieses Gefühl an Stellen, an denen die Technik bereits fast rein auftritt, noch so selten empfunden zu werden scheint. Die Lichtreklame in ihrer glühend roten und eisblau gleißenden Faszination, eine moderne Bar, ein amerikanischer Groteskfilm — dies alles sind Ausschnitte des gewaltigen luziferischen Aufstandes, dessen Anblick den Einsamen mit ebenso rasender Lust wie erdrückender Angst erfüllt.

Es ist wohl unbestreitbar, daß uns die Heilhaut eines Orang-Utans nützlicher sein würde als die gesamte hygienische Apparatur. Die Hygiene trägt jedoch, ebenso wie die Reklame, nur den *Anstrich* der Nützlichkeit. Ihr unverkennbares Bestreben, die Zeugung und den Tod der saftigsten Früchte zu berauben, verrät wohl, wes Geistes Kind sie ist. Ihre Aufgabe ist die Konservierung und Sterilisierung des Seienden, und so spricht sich in ihr ein unmittelbarer Protest gegen die Zeit, gegen die kosmische Bestimmung des Lebens aus. Das Durchschnittsalter wächst, die Sterblichkeit fällt: das heißt doch wohl auf deutsch, daß das Leben älter und schwächer wird. Die gefährlichste Armee ist jedoch nicht die der Ungeborenen, sondern jener, die eigentlich nicht hätten geboren werden sollen, der Existenzen eines unglücklichen Zufalls, von denen es in den Städten zu wimmeln beginnt.

Dies bestärkt mich in meiner Ansicht, daß man der Zivilisation nicht in den Zügel fallen darf, daß man im Gegenteil Dampf hinter ihre Erscheinungen setzen muß. Der Wille zur Unfruchtbarkeit kommt nicht von irgendwo; und es ist ein ganz absurder Gedanke, daß die künstliche Stauung der Einwohnerzahl eine wesentliche Bedeutung besitzen könnte. Auf jeden Fall kommt diesen Vorgängen ein solcher Grad von Notwendigkeit zu, daß man sie nur mit der höchsten Anteilnahme verfolgen kann, insbesondere wenn man es liebt, daß das Leben sich in seltsame und gefährliche Situationen begibt. Und wie wir aus der gegenwärtigen mit heiler Haut herauskommen sollen, das erscheint freilich rätselhaft.

Zur Orientierung über das Maß an Bedrohung, dem wir gegenüberstehen, bedarf es keiner verwickelten Berechnungen. Es genügt ein einfaches physiognomisches Studium, das sich in der Großstadt jederzeit sofort ausüben läßt. Man wird feststellen, daß das Gesicht des modernen Großstädters einen zweifachen Stempel trägt: den der Angst und des Traumes, und zwar tritt das eine mehr in der Bewegung, das zweite mehr in der Ruhe hervor.

Aus diesem Grunde besitzen Straßenecken und Brücken innerhalb der Großstadt etwas so unendlich Trostloses und Bedrückendes. Wer jemals in einem südlichen Hafen die Gesichter der Fischer sah, die sicher keinen Pfennig in ihren Lumpen trugen, der weiß wohl, daß es nicht Geld sein kann, was dieses halb verdrossene, halb gejagte Wesen hervorzubringen imstande ist. In einer Krisis wie dieser, inmitten der höchsten Unsicherheit, ist auch gar keine Befriedigung möglich; es gibt nur eins, was sich entgegenstellen läßt: Tapferkeit.

Ebenso erstaunlich ist es, die völlig erstarrte, automatische und gleichsam narkotisierte Haltung des modernen Menschen im Zustand der Ruhe, etwa während der Fahrt in einem der Verkehrsmittel oder auch des Aufenthaltes an den sogenannten Vergnügungsstätten, zu beobachten. Vielleicht wird ein Grad der Versunkenheit und Verlorenheit, wie er auf diesen Masken liegt, kaum in einer chinesischen Opiumhöhle anzutreffen sein. Das ungemein Gleichartige und Typische dieses Ausdruckes verrät die Unentrinnbarkeit der Vorgänge und ihre Gemeinsamkeit im Entscheidenden; die großen Lebensräume sind wie Treibhäuser durch luftdichte gläserne Mauern verwahrt. Daher fällt auch in ihnen die Besinnung so schwer, weil das Eigenartige des Zustandes in jeden Atemzug mit einfließen muß. Im Traum sind Erwägungen sehr selten, die sich *nicht* auf den Traum beziehen; immerhin finden solche statt. Die Hoffnung des Erwachens aus seinen eigentlich ganz unmöglichen Erlebnissen ist es, deren Licht zuweilen wie ein Schimmer durch seine Maschen bricht.

Und die Ahnung, daß »alles dies« eigentlich ganz unmöglich ist, hat doch wohl jeder von uns schon zuweilen gehabt? die Ahnung, daß dieses Treiben durch eine kräftigere, durch eine heroische Bestimmung beherrscht und gerichtet werden muß?

»Erwachen und Tapferkeit« — das könnte auf unseren Fahnen stehen.

Leipzig

Traum: Ich stehe in einer Rüstung aus schwarzem Stahl vor einem höllischen Schloß. Seine Mauern sind schwarz, die riesigen Türme blutrot. Vor den Toren schießen weiße Flammen als lodernde Säulen empor. Ich schreite hindurch, überquere den Burghof und steige die Treppen hinan. Saal an Saal, Flucht an Flucht schließt sich vor mir auf. Der Schall meiner Schritte zerschellt an den gequaderten Wänden, sonst ist es totenstill. Endlich trete ich, wie von einem Magneten geführt, in ein kreisrundes Turmzimmer ein. Es ist fensterlos, und doch ist die riesenhafte Dicke der Mauern zu spüren; kein Licht brennt, und doch erhellt ein seltsamer, schattenloser Glanz den Raum.

Um einen Tisch sitzen zwei Mädchen und eine Frau. Obwohl die drei sich nicht ähneln, müssen es Mutter und Töchter sein. Vor der Schwarzen liegt ein Haufen langer, blitzender Hufnägel auf dem Tisch. Sorgfältig nimmt sie einen nach dem andern, prüft seine Schärfe und sticht ihn der Blonden durch Gesicht, Glieder und Brust. Die rührt sich nicht und spricht keinen Laut. Einmal streift ihr die Schwarze den Rock zurück, und ich sehe, daß die Schenkel und der zerfleischte Leib nur noch aus einer blutigen Wunde bestehen.

Die Frau sitzt stumm den beiden gegenüber. Sie trägt wie ein Heiligenbild ein großes rotbemaltes Herz, das fast die ganze Brust verbirgt. Mit Entsetzen bemerke ich, daß bei jedem Nagelstich, den die Blonde empfängt, sich dieses Herz schneeweiß, wie glühendes Eisen, färbt. Ich stürze hinaus, dem Ausgang zu, mit dem Gefühl, dieser Probe — denn dunkel ahne ich, daß es sich um eine solche handeln muß — nicht gewachsen zu sein. Vorüber fliegt Tür an Tür, von stählernen Riegeln verwahrt. Da weiß ich: hinter jeder Tür, vom tiefsten Keller bis in das höchste Turmgelaß, spielen höllische Folterqualen, von denen nie ein Mensch erfahren wird.

Berlin

Verdrießlicher Vormittag; ich ging, um mich zu »montieren«, zu den Korallenfischen im Aquarium. Eine solche Morgenstunde zahlt sich aus, denn wieviel wir auch an nervosanguinischem Betriebsstoff in uns bergen mögen, so dürfen wir doch nicht versäumen, die Funken der Zündung von außen hineinsprühen zu lassen. Unsere Betrachtung, unsere Ruhe selbst ist dynamischer Natur; das Schöne erschüttert uns durch eine Kette bunter Explosionen — es ruft einen *Schauer* hervor. Dieses Wort drückt am besten aus, daß die Lust nichts Einfaches ist, nichts wie ein Falter auf einer Blume Ruhendes, sondern etwas Bewegendes, das wie der Schwung von Wellen trifft, ein Zittern und Oszillieren feingespannter Häute, über denen, von den Schlegeln der Eindrücke gerührt, sich das Spiel der Empfindsamkeit differenziert.

Eins dieser Tiere war ganz unübertrefflich gefärbt, tief dunkelrot und mit sammetschwarzen Binden gestreift, in einer Tönung, wie sie nur an jenen Stellen der Erde möglich ist, an denen das Fleisch in Inseln wächst. Sein cremeartiger Körper schien so durchaus weich, so durchaus Farbe, daß man das Gefühl hatte, mit einem ganz leichten Fingerdruck durch ihn hindurchstoßen zu können.

Ich möchte hier einen Gedanken anknüpfen, der einen Genuß höheren Grades betrifft, nämlich den der stereoskopischen Sinnlichkeit. Das Entzücken, wie es eine solche Farbe erweckt, beruht auf einer Wahrnehmung, die mehr als die reine Farbe umfaßt. In diesem Falle trat etwas hinzu, was man den Tastwert der Farbe nennen könnte, ein Hautgefühl, das den Gedanken der Berührung angenehm erscheinen ließ. Dieser Tastwert tritt vor allem an sehr leichten und sehr schweren, aber auch an den metallischen Farben hervor. Es ist gewiß, daß viele Maler, so Tizian in seinen Gewändern und so Rubens in seinen Körpern, von denen Baudelaire als von »Kissen frischen Fleisches« spricht, die Reichweite ihrer Mittel auch auf das Gebiet des Hautsinnes hinüberzuspielen verstanden. Auch ganzen Bildgattungen wohnt diese Eigentümlichkeit inne, so dem Pastell; und es ist kein Zufall, daß die Pastellmalerei sich mit Vorliebe den anmutigen Frauenkopf zum Vorwurf nimmt. Sie gehört zu den erotischen Künsten; und es hat etwas Symbolisches, daß ihr »Sammet«, der erste, volle Schmelz ihrer Farben, so bald verlorengeht.

Auf stereoskopische Weise besonders genießen wir die Karnation, die Laubgebung, den Strich, Lasur, Transparenz, Firnis und die Eigenart des bildtragenden Materials, etwa die Maserung der Holztafel, den gebrannten Ton der Vase oder die kreidige Porosität der gekalkten Wand.

Stereoskopisch wahrnehmen heißt also, ein und demselben Gegenstande gleichzeitig zwei Sinnesqualitäten abgewinnen, und zwar – dies ist das Wesentliche – durch ein einziges Sinnesorgan. Dies ist nur auf die Weise möglich, daß hierbei ein Sinn außer seiner eigenen Funktion noch die eines anderen übernimmt. Die rote, duftende Nelke: das ist also keine stereoskopische Wahrnehmung. Stereoskopisch dagegen nimmt man die sammetrote Nelke, stereoskopisch den

Zimmetgeruch der Nelke wahr, mit dem nicht nur der Geruchssinn durch eine aromatische, sondern gleichzeitig der Geschmack durch eine Gewürzqualität betroffen wird. Stereoskopisch wirkt auch der Salzgeruch des Meeres, der durch den Geruchssinn vermittelt wird, obgleich sowohl das Feuchte wie das Salzige geruchlos sind. Es kommen hierbei auch immer andere, durchdringende Gerüche in Frage: faulender Tang, am Strande trocknende Fische oder Bootsteer, denen die feuchte, beizende Luft als tragendes Mittel, ganz ähnlich wie in der Malerei, eine besondere Tönung verleiht. So scheint auch vielen das Kölnische Wasser mehr eine Erfrischung als ein eigentliches Parfüm; aus diesem Grunde setzt man ihm gern einen Tropfen Moschus zu.

Die Verwandlung von Tönen in Farben ist durch E. Th. A. Hoffmann bekannt geworden; die Franzosen haben unter der Führung von Théophile Gautier dieses Thema erschöpft. Wesentlich ist, daß die Farbe *gehört,* nicht etwa gesehen wird, so wie das Meersalz wirklich gerochen und nicht etwa geschmeckt werden muß. Ebenso wesentlich ist, daß der Ton sowohl als Ton wie als Farbe wahrgenommen wird, denn ein reines Farbenerlebnis, das sich lediglich der Bahnen des Gehörs bediente, würde höchstens den Reiz des Sonderbaren besitzen.

In diesem Zusammenhange ist auch ein Ausflug an die besetzte Tafel aufschlußreich. So wird das Aroma der Gewürze, Früchte und Fruchtsäfte nicht nur gerochen, sondern auch geschmeckt; es wird zuweilen, wie bei den Rheinweinen, sogar nach Farben schattiert. Auffällig ist das Hinübergreifen des Geschmackes in die Bezirke des Tastsinnes; dies geht so weit, daß bei vielen Speisen die Freude an der Konsistenz überwiegt, ja daß bei einigen der eigentliche Geschmack ganz in den Hintergrund tritt.

Es kann wohl kein Zufall sein, daß dies gerade bei besonders gepriesenen Dingen so häufig ist. An Beispielen ist kein Mangel; hierher gehört der Mousseux, der dem Sekt seine besondere Stellung unter den Weinen verleiht. Hierher gehört auch der Streit darüber, was denn eigentlich an einer

Auster sei; er wird unentschieden bleiben, wenn man nicht den Tastsinn zu Rate zieht. Um an einer Auster Genuß zu finden, dazu gehört entschieden ein gewisses Maß von Phantasie. Der Geschmackssinn wird gezwungen, seine Grenzen zu überschreiten; und er ist dankbar, wenn man ihm mit einem Tropfen Zitronensaft zu Hilfe kommt.

Der Baron Vaerst bemerkt in seiner Gastrosophie, daß gerade Gegenstände, die an den Grenzen der Naturreiche stehen, besonders schmackhaft seien. Daran ist insofern etwas Richtiges, als hier fast immer extreme Ausflüge in Frage kommen, Dinge, die »eigentlich gar nicht eßbar« sind und denen allerdings der reine Geschmack, l'amour physique im Sinne Stendhals, wenig abgewinnen kann. Ihr feiner und verborgener Reiz ist auf die kräftigere Instrumentation des Tastsinnes angewiesen; es gibt Fälle, in denen dieser die Rolle des Geschmackes fast gänzlich übernimmt, und dies ist, nebenbei gesagt, ein sicheres Kennzeichen für den primitiven Rang, der den Freuden der Tafel auf der Stufenleiter der Genüsse zuzubilligen ist. Es scheint überhaupt, als ob der Tastsinn, von dem sich auch alle anderen Sinne ableiten lassen, eine besondere Rolle in der Erkenntnis spielte. Ähnlich wie wir, wenn uns die Begriffe im Stiche lassen, immer wieder zur *Anschauung* unsere Zuflucht nehmen müssen, so greifen wir bei vielen Wahrnehmungen unmittelbar auf den Tastsinn zurück. Daher lieben wir es, über neue, seltene oder kostbare Dinge mit den Fingerspitzen zu streifen, als ob wir so uns ihrer fester versichern könnten — dies ist eine Geste ebenso naiver wie kultivierter Art. Die Gastrosophie ist eine kultivierte Barbarei, daher schätze ich sie sehr.

Übrigens ist es zu beklagen, daß noch keine wirkliche Gastrosophie verfaßt worden ist. Was die Vaerst und Brillat-Savarin taten, nämlich eine Reihe von eßbaren Dingen aufzuzählen und mit geistreichen Bemerkungen zu garnieren, das ist schließlich doch nur die Art, in der man ein Kochbuch schreibt. Sie ähnelt dem Verfahren eines Physikers, der, um eine Optik zu schreiben, anfangen würde, alle möglichen sichtbaren Gegenstände aufzuzählen. Nicht bei den Genußmitteln, die doch nur *Mittel* sind, gilt es zu beginnen, sondern beim Genusse selbst. Daß die Verschiedenheit der Küchen und Tafeln einer Verschiedenheit der Völker und Menschen entspricht und welche Eigenarten sich hier zum Ausdruck bringen, das allein scheint bedeutungsvoll. Mir persönlich würde die Verbindung einer stoischen und epikureischen Haltung am angenehmsten sein, also etwa ein Staat, dessen Bürger die Genüsse des Gaumens verachten und in dem man doch eine Reihe von besoldeten Feinschmeckern unterhielte, weil eben jedes Feld beackert werden muß, und sollte es auf dem Monde liegen; oder ein Einzelner, der sich von spartanischen Suppen nährt und den der Luxus der großen Schaufenster entzückt.

Um auf die Stereoskopie zurückzukommen: ihre Wirkung liegt darin, daß man die Dinge mit der inneren Zange faßt. Daß dies durch nur einen Sinn, der sich gleichsam spaltet, geschieht, macht die Feinheit des Zugriffes groß. Die wahre Sprache, die Sprache des Dichters, zeichnet sich durch Worte und Bilder aus, die so ergriffen sind, Worte, die uns seltsam aufhorchen lassen und denen ein wunderbarer Glanz, eine farbige Musik zu entströmen scheint. Es ist die verborgene Harmonie der Dinge, die hier zum Klingen kommt und von deren Ursprung Angelus Silesius sagt:

Die Sinnen sind im Geist all *ein* Sinn und Gebrauch:
Wer Gott beschaut, der schmeckt, fühlt, riecht und hört ihn auch.

O métamorphose mystique
De tous mes sens fondus en un!
Son haleine fait la musique,
Comme sa voix fait le parfum!

Auch die *geistige* Stereoskopie erbeutet die Einheit im inneren Widerspruch.

So sind an einer bedeutenden Kraft vielleicht das Fesselndste die Widersprüche, in die sie sich wagt. Hier gibt sie zwei Punkte aus der Hand, durch die sich, im artilleristischen Jargon gesprochen, ihre verdeckte Feuerstellung mit großer Schärfe anschneiden läßt.

In seinen Irrtümern wird der Zug eines Geistes, in seinen Abirrungen der Schlag eines Herzens am feinsten gespürt.

Die Handarbeit ist nicht vollkommener als die Maschinenarbeit, sondern unvollkommener. Darin besteht ihr eigentlicher Reiz. So werden an persischen Teppichen jene Fehler in der Knüpfung geschätzt, die der mechanische Webstuhl nicht nachahmen kann; und so haben wir gar in unseren Tagen gesehen, daß die merkwürdige Erscheinung des Magischen Realismus in der Malerei die der Maschinenwelt innewohnende Präzision noch besser zum Ausdruck zu bringen vermochte als die Maschine selbst. Kein Wunder — muß nicht die *Idee* der Präzision präziser sein als die Präzision?

Die Handarbeit läßt mancherlei stereoskopische Winkel, in denen sich die Phantasie einnisten kann. Ein altes Haus, eins von denen, die, wenn man sie nur sieht, schon den Wunsch erregen, in ihnen heimisch zu werden, und unter deren Giebeln die Rotschwänzchen gerne ihre Nester verstekken, bietet ein gutes Beispiel dafür.

Nichts ist aufschlußreicher als ein Brief mit Verbesserungen — es gibt auch graphologische Verplapperungen. Es gehört zu den Belustigungen der Jagd, den oft nur winzigen Unterschied, der zwischen einem ausgestrichenen und dem darüber geschriebenen Wort besteht, zu betrachten wie einen Schnitt unter dem Mikroskop, den man sich plastisch macht, indem man die Mikrometerschraube kaum merklich hin und zurück bewegt.

Das eigentlich Stereoskopische, der innere Unterschied, tritt noch besser hervor, wenn das ausgestrichene Wort nicht mehr sichtbar ist. Wer zu lesen versteht, wittert aus mancher Seite Prosa, daß sie in der Handschrift einem von weggemähten Worten bedeckten Schlachtfelde geglichen haben muß. Gedruckt erinnert sie an eine von Schüssen durchsiebte

Scheibe, die man so überklebt hat, daß uns die Treffer, die ins Zentrum schlugen, noch sichtbar sind.

So entsinne ich mich der Erschütterung, die ich empfand, als ich zum ersten Male folgenden Satz in den Tagebüchern Baudelaires las: »Heute, am 23. Januar 1862, habe ich eine seltsame Vorbotschaft empfunden; ich habe den Flügelschlag der *Imbezillität* mich streifen gefühlt.« Ich hatte sehr deutlich ein Gefühl, als ob hier zuerst das Wort »Wahnsinn« gestanden hätte, bis eine zitternde, von einem noch tieferen Entsetzen geführte Hand es in »Imbezillität« verwandelte.

Darüber hinaus gibt es Worte, die bereits im Geiste verbessert sind. Jedes unserer Worte sollte eine Verbesserung sein, eine neue Berührung der Idee. Die Sprache begleitet uns ununterbrochen auf dem Marsch; sie verlangt eine neue Entfaltung bei jedem Gefecht, das zu schlagen ist. Worte sind dynamische Maße, in die schon beim Übergang vom Haupt- in den Relativsatz ein ganz anderer Geschmack einschießen kann. Ein Autor, von dem genau festzustellen ist, welche Bedeutung bei ihm »die Liebe«, »das Wunderbare«, »die Wirklichkeit« besitzen, kann nur aus Versehen diesseits der Maas und jenseits der Bezirke der Akademie geboren sein. In diesem Zusammenhange wäre es lohnend, einmal zu untersuchen, was denn eigentlich die Franzosen an Hoffmann so fesselte. Brillanz ist noch keine Magie — sie gehört zu den feineren Möglichkeiten des Meßbaren, der Mathematik, der Steinschleiferei. In der Décadence verliert das Wort an Stromstärke, der Mangel wird durch immer höhere Spannungen ersetzt. »Wir unfaßbaren Nierenprüfer« — aber wer wäre wohl besser zu fassen als der, der mit Paradoxen an die Arbeit geht. Auf diese Weise gibt man seine beiden äußersten Flanken preis.

Zu den stereoskopisch wirkenden Erscheinungen gehört auch der Reim. Zwei ihrer begrifflichen Bedeutung nach ganz verschiedene Worte, *Brot* und *Tod,* werden durch ihren Klang in eine tiefere Harmonie gesetzt — sie schwingen an den beiden Enden *einer* Stimmgabel an. Hier wird die geheime Verwandtschaft aller Dinge dem Herzen unmittelbar.

Daß dabei das Ohr die Gleichheit der Vokale und einen Unterschied der Konsonanten verlangt, so daß der Reim im Vokal *ruht* und sich in den Konsonanten *bewegt*, spannt, differenziert — das ist ein treffliches Symbol dafür, wie wir es lieben, wenn uns unter einer großen Fülle derselbe Sinn entgegentritt. Denn im Vokal spricht die eigentliche Magie des Wortes, die sich in den Konsonanten eine körperlichere Hülle gibt. Daher sind auch Vokale das erste, was verfliegt, wenn ein Wort aus seiner Muttersprache in eine fremde übergeht.

Daß die Vokale wirklich eine enge Beziehung zum Magischen besitzen, deutet sich unter anderem dadurch an, daß sie dort, wo die Sprache sie rein anwendet, Erstaunen, Schrecken, Bewunderung zum Ausdruck bringen. Es fehlt uns an einer Lautlehre, die im Sinne der Goetheschen Farbenlehre, also »unwissenschaftlich«, verfahren müßte. Es scheint mir in unseren Tagen oft, als ob man bei Albertus Magnus wieder anknüpfen, als ob man versuchen müßte, die *Dinge* noch einmal zum Sprechen zu bringen.

Zu dem, was ich liebe, gehört der tausendstimmige Aufschrei beim Feuerwerk; und zuweilen stelle ich mir ein Schauspiel vor, auf einer wie ein roter Lampenschirm von Licht gesättigten Bühne in einem dunkelsten Raume, ein Schauspiel von einer Eindringlichkeit, wie sie hervorzubringen nur ein gewaltiger Zauberer imstande ist. Hier müßten der Zuhörerschaft wie einem großen Tier die Urlaute aus der Brust gerissen werden — man müßte sie einmal gründlich buchstabieren lehren. Wir nähern uns Zuständen, in denen das wieder möglich scheint. Der Mensch in den Städten beginnt einfacher, das heißt in jenem gewissen Sinne tiefer zu werden. Er wird zivilisierter, das heißt barbarischer. Die Natur ergreift auf sehr seltsame Weise wieder von ihm Besitz. Unter diesem Gesichtswinkel kann ich den jungen Leuten, die »lieber Sport treiben«, den Besuchern des Kinos, den Schwärmern für den Automobilmotor »an sich«, ja selbst den Amerikanern Geschmack abgewinnen. Man marschiert, jeder auf seine Weise, einem gemeinsamen Treffpunkte zu.

Es ist erstaunlich, was in unseren Lichtspielen bereits an echter Grausamkeit zum Vorschein kommt. Die Lustspiele sind noch aufschlußreicher als die sogenannten Dramen — noch nie dagewesene Triumphe einer absoluten Schadenfreude.

Etwas äußerst Bedrohliches besitzt der Straßenlärm, der sich immer deutlicher auf ein dunkles, heulendes *U*, auf den schrecklichsten aller Vokale, einzustimmen beginnt. Wie könnte es auch anders sein, da in den Signalen und Aufschreien der Verkehrsmaschinen die unmittelbare Androhung des Todes eingeschlossen ist. Auf dem Fischmarkt in Neapel, den ich nur mit großer Heiterkeit durchschreiten konnte, schien mir ein warmes *A* der vorherrschende Ton, von dessen Wirkung auf das Gemüt dasselbe gilt, was Goethe vom Scharlach sagt.

An den Gesichtern und besonders an den Farben der Großstadt läßt sich Entsprechendes beobachten. Die Hölle selbst könnte nicht mit giftigeren Prunklichtern ausgestattet sein.

Wenn sich heute abend ein Mann vom Monde bei mir anmelden würde, mit dem man sich nur durch reine Lautsprache verständigen könnte, so würde ich vielleicht, um ihm die beiden äußersten Pole anzudeuten, zwischen denen sich unsere Erscheinung vollzieht, ihm zwei Worte unserer Sprache vorsprechen — einmal eine jener Benennungen der organischen Chemie, in denen der Intellekt einige Zeilen braucht, um sich zum Ausdruck zu bringen, und dann den ebenso unmißverständlichen, gedehnten, heiseren, zwischen *A* und *U* vibrierenden Schrei, den man bei Sturmangriffen hören konnte und der vom kochenden Blute nur durch ein hauchdünnes Häutchen geschieden war.

Was den Mann vom Monde betrifft, so schätze ich ihn sehr, seitdem ich mir über die Empfindungsfähigkeit des Zeitgenossen Gedanken zu machen begann. Sicherlich hängt es mit der Steigerung des dynamischen Lebens zusammen, daß eine der höchsten kontemplativen Fähigkeiten, nämlich das Erstaunen, immer seltener wird. Es ist wunderlich, wie dumpf gerade die *Besinnung* von Menschen ist, deren Bewußtsein, deren Aktivität einen hohen Grad von Klarheit besitzt. Ich habe es immer als eine wichtige Aufgabe betrachtet, einen Menschen davon zu überzeugen, wie sehr er doch selbst ein wunderbares Wesen und der verantwortliche Träger wunderbarer Kräfte ist. Denn nur wenn uns dieses Gefühl beseelt, werden wir unwiderstehlich sein.

Andererseits muß man die Erfahrung machen, daß der Mensch gar zu leicht einer mächtigeren Strömung überdrüssig wird. Nur zu selten hat man das Glück, einem Sindbad dem Seefahrer zu begegnen, den eine innerste Unruhe vom Genusse seiner Güter hinweg zum siebenten Male in abenteuerliche Fernen treibt und der immer wieder nach Erlebnissen begierig ist, die »so wunderbar sind, daß sie verdienten, mit einer Nadel in das Weiße des Auges gestochen zu werden«. Noch seltener stößt man auf einen, der sein Erlebnis zu halten weiß.

So war im Kriege selbst Freiwilligen oft deutlich anzumerken, wie widerwärtig ihnen die neue Landschaft, das vulkanische Gebiet, das zu schauen sie doch so großes Verlangen getragen hatten, schon nach wenigen Tagen geworden war. Nun drängten sie mit derselben Heftigkeit nach der Zivilisation zurück. Der Wille hatte lediglich sein Ziel gewechselt, wie man denn überhaupt sagen kann, daß der Mensch an einem ewigen Heimweh leidet — nach allen Orten der Welt, an denen er nicht gerade weilt. So ist es denn auch ganz natürlich, daß, wenn man heute wiederum denselben Menschen begegnet, man von ihnen hören kann, daß sie nie wieder so glücklich gewesen seien als in jenen Landschaften, die unwiderruflich versunken sind. Sie haben den Krieg nicht gekannt, den man liebt, weil man der Wärme bedürftig ist — als einen Zustand erhöhter Temperatur.

Neulich noch saßen wir beisammen, um eine jener Fragen aufzurollen, auf die man um drei Uhr morgens verfällt und die eigentlich nur für wenige Nachtstunden wirklich lebendig sind. »Ob ein Genuß des Genusses möglich sei?« Nun, für mich kann kein Zweifel bestehen, daß man nicht nur einen in sich trägt, der sich freut, sondern auch einen, der sich über diese Freude freut. Man muß es verstehen, dem Kinde zuzulachen, das man in sich trägt — gleichsam sein Cervantes und Don Quijote in einem zu sein. Ich möchte darauf schwören, daß auch jeder etwas von dieser Gabe besitzt — gar oft, wenn man in Träumereien versunken ist, steht man selbst hinter seinem Stuhl. »Heute abend willst du dich aber einmal loslassen« — »wie sollst du aus dieser Lage wieder herauskommen« — »du bist doch eigentlich ein sonderbarer Heiliger« — wer kennt denn solche kleinen Auseinandersetzungen nicht?

So sollten wir auch in den seltsamen Lagen, in die das Leben uns versetzt, mit einer größeren Inbrunst an uns Anteil nehmen, indem wir uns betrachten wie ein Jäger, der ein Tier in seiner Landschaft verfolgt. Aus diesem Grunde wählte ich mir gern einen Mann vom Monde zum unsichtbaren Begleiter, wenn mich ein nächtlicher Marsch durch die Phantastik zerschossener Dörfer zur Stellung führte. Ihm diesen unerhörten Vorgang bis in seine kleinsten Einzelheiten zu erklären und mich an seinem Erstaunen zu weiden, war mir ein einsamer Genuß.

Aber auch jetzt und hier, durch unsere großen Städte, sollten wir Geschäftigen manchmal wandeln wie Virgil, der einen stillen, aufmerksamen Dichter aus einer anderen Welt durch alle Schreckenskreise des Inferno zu geleiten hat.

> Ein Ort der Hölle heißet Malebolge,
> Und, gleich der Felswand, die ihn rings umschließet,
> Ist er durchaus von Stein und eisenfarbig.

Möchten wir uns doch zuweilen die Aufgabe stellen, diese wilde Bewegung einem Fremdling zu erklären, dem ihre hunderttausend Erscheinungen in eine andere, gültigere Sprache zu übersetzen sind. Was treibt ihr hier, und wo steuert ihr hin? Worauf bezieht sich eure kriegerische Brüderlichkeit? Diese Armeen von Arbeitern, diese Heere von Maschinen, diese Gedanken, Träume und Lichter, diese Händler, Gelehrten und Soldaten, Müßiggänger und Verbrecher, diese Türme, Straßen und Schienen, die stählernen Chimären und Vögel aus Aluminium – was sprechen sie aus, und was verbindet sie? Sagt an, wie verwaltet ihr die Zeit, die euch nur einmal gegeben wird?

Vielleicht, daß euch dann einmal, inmitten dieser brausenden Musik und der Überfülle der Lichter, jene Erstarrung, jenes tiefere Erstaunen überfällt, in dem sich dies alles wie ein geheimnisvoller Schleier, wie ein Vorhang des Wunderbaren leise bewegt – vielleicht, daß es euch sehr rätselhaft und doch auch so sehr beglückend erscheint, daß dieses Leben möglich sein kann und ihr in ihm.

Auch hier spielt Stereoskopie eine Rolle – die Stereoskopie des Wandelnden. Zwei Augenpaare sind uns gegeben, ein körperliches und ein geistiges. Mit ihnen beiden schauen wir die Physiognomie der Welt erst recht, die wie das menschliche Gesicht ihre Form einem Totenschädel, ihre Prägung einem hieroglyphischen Stempel verdankt.

Es gibt an dieser Tafel keine Speise, in der nicht ein Körnchen vom Gewürz der Ewigkeit enthalten ist.

Leisnig

Traum: Ich war als Offizier mit einer Schiffsmannschaft an einer Insel des Atlantischen Ozeans gelandet. Wir waren alle sehr krank und wurden in den Holzhütten eines kleinen, zwischen den steinernen Trümmern einer zerstörten Stadt erbauten Fischerdorfes von einer Krankenschwester gepflegt. Dazu kam noch, daß auf der Insel eine seltsame, in der Dämmerung aufleuchtende Pflanze wuchs, die zum Essen verführte. Wer jedoch davon gegessen hatte, fiel in einen Schlaf, aus dem er nicht mehr zu erwecken war. In einem langen, niedrigen Schuppen, in dem Netze hingen, hatten wir eine ganze Reihe solcher Schläfer nebeneinandergelegt. Sie fieberten und atmeten schwer, man sah wechselnde Träume über ihre Gesichter huschen. Die Schwester bemühte sich unaufhörlich, ihnen Suppen einzuflößen, und ich half ihr dabei. Durch diese gemeinsame Arbeit traten wir uns sehr nahe; ich wurde von ihr mit mancherlei Geheimnissen der Insel vertraut gemacht und mit kleinen Gegenständen, die von gescheiterten Schiffen an den Strand getrieben waren, beschenkt. Aus irgendeinem Grunde kamen mir die Schwester und die Insel merkwürdig bekannt vor, als ob ich durch sehr alte Beziehungen mit ihnen verbunden wäre. Eines Abends, als wir wieder den ganzen Tag gepflegt hatten, ging ich auf eine kleine Strandwiese vor der Hütte, um Luft zu schöpfen. Da sah ich die Blütensterne der berauschenden Blüte aufglänzen; obwohl ich die Gefahr in ihrem ganzen Umfange kannte, brach ich davon und aß.

Im Augenblick wurde ich in einen magnetischen Schlaf versenkt. Ich träumte wieder und befand mich auf derselben Insel, auf der jetzt statt der Hütten ein steinernes Städtchen stand. Der Stil dieses Städtchens war nie gesehen, eine Art früher Gotik, durch eine lange, ganz abgeschlossene Entwicklung phantastisch abgelenkt. So waren die Spitzbogenfenster zu schmalen Schießscharten verengt, neben denen fabelhafte Meerwesen in die Mauern gehauen waren. Jede Form, die ich hier sah, war so entlegen, daß sie mit keiner bekannten zu vergleichen war.

Die Insel war von einem streng christlichen Seeräubervolke bewohnt, das zuweilen weit entfernte Meeresgebiete aufsuchte, um Beute zu machen. Ich befand mich als gern gesehener Reisender unter diesen auf ihrer Insel sehr zugänglichen Menschen und wohnte im Hause des obersten Kapitäns. Es herrschte gerade große Aufregung in der Stadt, denn es stand fest, daß das bisher unbekannte Eiland als Piratennest entdeckt und eine mächtige spanische Flotte im Ansegeln war.

Ich selbst nahm keine Notiz von den Verteidigungsvorbereitungen, die ringsum getroffen wurden, sondern saß in einem Zimmer und unterhielt mich mit der Tochter des Kapitäns. Es war dasselbe Mädchen wie die Krankenschwester.

Wir sprachen hastig und aufgeregt, denn wir fühlten, daß die Zeit brannte und daß wir uns noch sehr viel zu sagen hatten.

Sie beschwor mich immer wieder, mich dem nahen Kampfe zu entziehen. Ich dagegen war entschlossen, das Schicksal der Ihren zu teilen. Wir redeten noch hin und her, als ihr Bruder hereinstürzte mit dem Rufe: »Die Spanier sind schon in der Stadt!« In demselben Augenblick fiel durch die Fenster Feuerschein. Ich ergriff eine Radschloßbüchse, die in einer Ecke stand, und lief hinaus. Es kamen mir schon Scharen von Piraten entgegen, hinter denen die Spanier saßen. Ich legte mich auf einen schmalen Wiesenstreifen, schlug mein Gewehr an und brachte einen Spanier zu Fall. Als ich wieder laden wollte, war ich dazu nicht imstande. Einige Spanier blieben stehen und schossen auf mich; ich fühlte die Geschosse durch meinen Körper schlagen.

Ich blieb liegen und verlor eine Menge Blut. Es wurde dämmerig. Da sah ich neben mir die wunderbare Blume strahlend aufblühen. Ich brach sie ab, aß sie und schlief ein. Im letzten Schimmer des Bewußtseins ahnte ich noch: ich würde noch unzählige Male leben, dasselbe Mädchen kennenlernen, dieselbe Blume essen und daran zugrunde gehen, ebenso wie dies bereits unzählige Male geschehen war.

Leipzig

Abends im Bett, bei strömendem Regen, kam mir die Person eines nahen, im vorigen Jahre verstorbenen Bekannten in den Sinn. Ich sah ihn in dieser und jener Situation – kleine, bezeichnende Eigenarten tauchten vor der lebhafter werdenden Erinnerung auf; er schien für einen Augenblick leibhaftig, ganz nahe erreichbar zu werden, bis plötzlich eine nüchterne Kontrolle die Tatsache seines Todes ins Gedächtnis rief. Dieser jähe Zusammenstoß des Lebendigen mit dem Toten erschütterte irgendwie das innere Gleichgewicht, und es war wohl das Bedürfnis nach völliger Klärung, das die Gedanken hinausriß in die dunkle, verregnete Ecke irgendeines Kirchhofes, sie die lockere Erde durchdringen und in den

Sarg hineinspähen ließ. »Während ich hier im Warmen liege, liegst du dort, zur gleichen Zeit – sonderbar, daß ich *so* noch nicht gedacht habe an dich das ganze Jahr.«

Freilich ist das sonderbar, und noch sonderbarer, daß erst ein kleiner Unfall im Denken nötig war, um eine eigentlich so logische Vorstellung hervorzurufen.

Übrigens werde ich ganz erwachsener Mensch jedesmal, wenn ich in der Zeitung von einer gerichtlichen Exhumierung lese, von einem unüberwindlichen Erstaunen befallen – darüber, daß man dabei wirklich auf die Leiche stößt.

Neapel

Seit einigen Wochen habe ich mich hier seßhaft gemacht, um der Wissenschaft einen späten Tribut darzubringen, als Dottore pescatore, wie das Volk die in den Räumen des Aquariums arbeitenden Zoologen zu nennen liebt. Es ist dies ein kühler, klösterlicher Aufenthalt, an dem bei Tag und Nacht süßes und salziges Wasser in große gläserne Becken sprudelt, inmitten einer Parkanlage, die sich unmittelbar am Meere erstreckt. Im Vordergrunde ragt die Felsmasse eines alten Stauferschlosses aus dem Wasser, und mitten im Golfe lagert die in ihrem Umriß an eine ausgestreckte Weinbergschnecke erinnernde Insel Capri, auf der der Kaiser Tiberius mit seinen Spintriern saß.

In Neapel haben viele meiner Freunde gelebt, unter anderen Roger der Normanne, der Abbé Galiani, der König Murat, der seine Orden trug, damit man auf ihn schoß, mit ihm Fröhlich, einer der Deutschen, die das abenteuerliche Herz besaßen und der mit seinem »Vierzig Jahre aus dem Leben eines Toten« eines unserer kurzweiligsten Memoirenbücher schrieb. Auch der prächtige Burgunder de Brosses und der Chevalier de Seingalt wissen in ihren Erinnerungen von ausgesuchten Stunden zu berichten, die sie hier verbringen durften.

Meine Aufmerksamkeit ist einem kleinen Tintenfisch gewidmet, der Loligo media heißt, einem zarten, spannenlangen Wesen, das mir jeden Morgen zeigt, wie man in Schönheit stirbt — um eine beliebte Phrase des Jugendstils anzuwenden. Wirklich verfügt er über eine fabelhafte Skala brauner, gelber, violetter und purpurener Töne, aus denen er seinen farbigen Schwanengesang komponiert, gleich jenen Fischen, die der Freund des Apicius an festlicher Tafel schlachten ließ. Insbesondere liebe ich eine köstliche Art des Erblassens an ihm, eine nervöse Nachlässigkeit, durch die er neue, unerhörte Überraschungen vorzubereiten pflegt. Übrigens besitzt er hierzulande, gleich seinem Bruder, dem großen Kalmar, und gleich seinen Vettern, dem Oktopus und der wie Perlmutter schillernden Sepia, gastronomischen Wert, und ich habe ihn mir, um jedes mögliche Mittel der Erkenntnis an ihm zu erproben, vorsetzen lassen, nach Art der Feinschmekker geröstet und in hauchdünnen Scheibchen serviert. Was ich gleich geahnt hatte, bestätigte sich: Die geheime Harmonie, die allen Eigenschaften eines Wesens innewohnt, wurde auch dem Geschmackssinn offenbar, und ich hätte, selbst mit verbundenen Augen essend, die Herkunft dieses Bissens mit ziemlicher Treffsicherheit in das zoologische System einordnen können. Es war nicht Krebs und nicht Fisch, eher schon Muschel oder Schnecke, was sich da verriet, aber mit einer scharf ausgesprochenen Eigenart begabt, wie sie einem uralten Geschlechte geziemt. Sicherlich darf dieser Geschmack nicht fehlen in der Bouillabaisse, jener dicken Marseiller Suppe, in der die besten Früchte des Mittelmeeres zu einem Bukett vereinigt sind.

Jeden Morgen begebe ich mich hinter mein Mikroskop, das vor einem Fenster steht, durch das man die schönste Aussicht der Welt genießt. Es machte mir damals, als ich den grauen Rock mit dem weißen Laboratoriumskittel vertauschte, Spaß, festzustellen, welche Ähnlichkeit die Mikroskope und Fernrohre mit den Kanonen besitzen, die ich von jeher gern sich so zierlich und präzise in ihren Lafetten schwenken sah; und es ist auch im Grunde gar kein so großer Unterschied: dies alles sind Waffen, deren sich das Leben bedient. Es freut mich, daß Nietzsche sich zuweilen mit Stolz einen alten Artilleristen nennt.

Ich hatte mir damals gar kein übles Programm gemacht. Nachdem sich in der unvergleichlichen Schule des Krieges das Leben in seiner höchsten Flutung und in seinen äußersten Möglichkeiten dargeboten hatte, wollte ich in Ruhe seine tierischen Grundlagen, seine einfachen und doch geheimnisvollen Bewegungen kennenlernen und gleichzeitig bei den Philosophen meinen Kursus durchschmarutzen. Zum Schlusse hatte ich an einen Aufenthalt in einer jener entlegensten und unberührten menschlichen Siedlungen inmitten unermeßlicher tropischer Urwälder gedacht, von denen wir bei Frobenius lesen können und in denen sich vielleicht ein Bild von der Seele, wie sie frei von jeder Reflexion in ihrer magischen Landschaft wirksam ist, gewinnen läßt, um dann, wohlausgerüstet, ins Zentrum der großen Städte zurückzukehren, an die Stätten der kompliziertesten Barbarei.

Aber schon auf dem halben Wege hat mir die Inflation, der Götze des Geldes und seiner Dynamik, einen Streich gespielt, und wenn man zum Kriege A sagt, so muß man auch B sagen, das heißt, man muß es billig finden, sich zu beschränken, wenn man einer Nation angehört, die verloren hat. Immerhin ist es schmerzlich, gerade an den Lehrmitteln sparen zu müssen.

An der Zoologie tritt der der Wissenschaft eingeborene Drang, das Leben zu töten, um über das Lebendige Aussagen machen zu können, besonders einleuchtend hervor. Sie gleicht darin der Psychologie, die auch eine Art von Mumienschändung ist, indem sie aus dem Gewordenen auf das immerdar Werdende zu schließen und so das wunderbarste, flüchtigste Wesen der Welt in ihre logischen Fassungen zu schrauben sucht. Aber den zartesten, geheimsten Kern des Lebens hebt keine Färbung mit Methylenblau oder Eosinrot heraus, und was im Raume und in der Zeit, in Ursachen und Wirkungen, in Trieben und Taten, in den bunten Zauberhülsen des Fleisches, in Blutbahnen und Zentralnervensystemen, in Zeugung und Tod, in Liebe, Kampf und Untergang, in all den tausend blendenden Überraschungen und dunklen Bedrohungen des Daseins geschieht, ist nur von Bedeutung durch die unsichtbare Nabelschnur, durch die es der Welt einer tieferen Fruchtbarkeit verbunden ist. Diese, deren Flutatem in den Raum hineinwirkt, ermangelt der Dinge, die man sehen und denken kann. Daher stellt sich auch für jedes tiefer gerichtete Bestreben der Augenblick ein, in dem der Hunger durch Wissenschaft nicht mehr gestillt werden kann und in dem erkannt wird, daß durch Begriffe nur die *Maske* des Lebens abgetastet wird.

Dieses Gefühl stellt sich bei mir manchmal ein, wenn ich meinen Loligo nach allen Regeln der Kunst bearbeite. Alle diese seltsamen Gehäuse des Lebens haben eine Kraft verwaltet, deren Einsicht sich ihnen auch durch die schärfsten Mittel nicht abzwingen läßt.

Merkwürdigerweise hatte ich manchmal ein ähnliches Gefühl, wenn ich etwa in politischen Versammlungen irgendeinen faden Schwätzer endlos reden hörte und ihm doch zubilligen mußte, daß während eben dieser Zeit eine höchste Weisheit seine inneren Organe in Tätigkeit hielt, daß mannigfache Drüsen sein Blut ununterbrochen mit ihren Sekreten speisten, daß sich in ihm das Wunder der Verdauung vollzog, daß jede Zelle ihre Arbeit verrichtete, kurz daß ein wunderbares Leben in ihm schaltete. War der Schluß zu kühn, daß wahrscheinlich auch dieses Geschwätz einen geheimeren Sinn, eine verborgenere Aufgabe erfüllte, als sie der Schwätzer beabsichtigte? Ohne Zweifel ist der Mensch viel tiefer, als er es sich träumen läßt, vielleicht sogar ebenso tief wie das Tier. Es kann dem aufmerksamen Auge doch nicht verborgen bleiben, daß hinter dem scheinbar absolut mechanischen Getriebe unserer Städte ein ungeheurer Instinkt sich enthüllt, daß die Wirtschaft noch etwas anderes als Wirtschaft, die Politik noch etwas anderes als Politik, die Reklame noch etwas anderes als Reklame, die Technik noch etwas anderes als Technik ist — kurz daß jede unserer vertrautesten und alltäglichsten Erscheinungen sich gleichzeitig als Symbol eines wesentlicheren Lebens erfassen läßt. Diese Kunst, zu greifen, unser Tun und Lassen in wirklicheren

Schichten zu bejahen, ist es, in der wir uns üben müssen, wenn wir an unserer Würde nicht verzweifeln wollen.

So ist auch der Gedanke tröstlich, daß sich hinter der Wissenschaft noch etwas *anderes* verbirgt als Wissenschaft.

Von Weininger stammt der eine große Sauberkeit der inneren Haltung verratende Ausspruch, daß der Atheismus, sofern einer nur wirklich an ihn glaubt, religiöser sei als ein gleichgültiger Glaube an Gott.

Ebenso wird die Wissenschaft eigentlich erst fruchtbar durch die *Liebe* zur Wissenschaft, die Erkenntnis fruchtbar durch den Drang, der ihr zugrunde liegt. Das macht den hohen, einzigartigen Wert der Naturen vom Schlage Augustins und Pascals aus: die seltene Verbindung eines feurigen Gemütes mit einem durchdringenden Verstand, der Anteil an jener unsichtbaren Sonne Swedenborgs, die ebenso leuchtend wie glühend ist. Erst wenn das *Herz* die Armee der Gedanken kommandiert, gewinnen Tatsachen und Feststellungen ihren Wert; sie werfen das wilde Echo, den heißen Atem des Lebens ohne Einbuße zurück, weil jede Antwort bereits in der Art zu fragen beschlossen liegt.

Große, fruchtbare Bilder gehören zur Hohen Jagd, die der Schar der Techniker, Ausstopfer und Bücherwürmer ihre Reste hinterläßt; sie wollen wie bunte Vögel im Fluge geschossen oder wie blitzende Fische den dunkelsten Gewässern entrissen sein. Es ist der Verstand, der sie apportiert, der ihre Vorstellung übernimmt und sie mit scharfen Zähnen ins Reich des Sichtbaren hinüberzieht. In diesem Sinne, als Schießhund der Seele, ist jede Möglichkeit seiner Züchtung von hohem Wert.

Übrigens spricht sich schon in der Eigenart eines Verstandes sein Grad an Bindung deutlich aus, wie überhaupt alles, was Rasse heißt, nur als seelische Prägung Bedeutung besitzt. Nichts ist unleidlicher als ein Verstand, der keine Rasse hat, als ein Bohèmeverstand, dem es an echten Vorurteilen mangelt und der wie der Verstand der Zeitungsschreiber und ihrer Leser jedem zufälligen Eindruck und jeder Entartung, wie etwa der billigen Versuchung der Ironie, wahllos preisgegeben ist als ein Eckstein, an dem jeder Hund seine geistige Notdurft verrichten darf.

Was ein südliches Meer an Geheimnissen birgt, ist für die an härtere Farben gewöhnten Augen des Norddeutschen von unerschöpflichem Reiz. Auch die Farben der Landtiere, etwa der Insekten, nehmen in heißeren Ländern an Reichtum und Mannigfaltigkeit zu; sie werden greller, metallischer, schärfer gegeneinander abgesetzt und herausfordernder. Aber nur das Meer gibt seinen Bewohnern jene spielende Eleganz und Weichheit der Töne, den irisierenden, bewegten Fluß seltener Gläser, die Harmonie der Übergänge, die wunderbare Zartheit und Innigkeit des Vergänglichen. Diese Farben sind traumhafter, sie gehören eher der Nacht als dem Tage an; sie bedürfen des dunkelblauen Abgrundes zum Schutz. Zuweilen klingen sie in ihren satten violetten und dunkelroten Flecken, die sich in ein Fleisch brennen, das feinen weißen, rosa oder gelblichen Porzellanarten gleicht, an gewisse Orchideen, wie die Stanhopea, an; aber auch diese suchen ja die gleichmäßige, dunkelgrün dampfende Nacht der dichtesten Wälder auf. Es hat etwas Wunderbares, daß dieser magische Glanz gerade den feinsten, feuchtesten Strukturen des Lebens eigentümlich ist, und so bricht er denn auch aus dem kostbarsten und gefährdetsten Organ des menschlichen Körpers, aus dem Auge, hervor.

Jeden Nachmittag sammelt ein Diener Zettel ein, auf denen man, wie der recht trockene Ausdruck lautet, das *Material* verzeichnet, das man zu sehen wünscht. Hier läßt sich unter der Maske lateinischer Gattungs- und Speziesnamen ausschweifenden Gelüsten frönen, und ich weiß nicht, ob der liebenswürdige Professor Dohrn entzückt sein würde, wenn er dahinterkäme, welch ein Parasit in die Zellen seines wissenschaftlichen Bienenkorbes eingedrungen ist. Jedenfalls besitzt dieses Zettelschreiben seinen Reiz; es erinnert an die Wunschzettel, denen die Kinder vor Weihnachten ihre Träume anvertraun. Die fabelhaften Gebilde, die das Meer in seinen flüssigen Schatzkammern verwahrt, scheinen auch irgendwie für Kinder erdacht, und so konnte Arthur Rimbaud in seinem »Trunkenen Schiff« auch gar keinen besseren Ausdruck finden dafür, wie sie zu sehen sind, als sein:

> Ich wollte, die Kinder hätten mit mir all die Arten
> Goldner und singender Fische gesehn.

Das Erstaunen ist unser bester Teil; es ist der süße Taumel, der uns über dem Abgrund der Liebe überfällt. Es gibt kein ungetrübteres Glück als das des Erstaunens über Landschaften und Dinge der Natur, als die stille Bildung, die sich vom Gebildeten nährt. Das Vielfältige einfältig zu schauen, hat uns unser Albrecht Dürer gelehrt; sein Kleines Rasenstück, sein Großes Rasenstück, seine »Muttergottes unter den Tieren« sind unvergleichliche Zeugnisse dafür.

Wer den »einfältigen Naturgenuß, ohn Alfanz drum und dran« des Matthias Claudius schätzt, der tut freilich gut, sich von den öffentlichen Schausammlungen des Aquariums entfernt zu halten, da es hier seinem absoluten Gegensatz, dem großstädtischen, und insbesondere dem amerikanischen, Gaffer zu entrinnen unmöglich ist.

Dieses ebenso geschäftige wie niederträchtige Durchblättern des großen Kataloges und Preisverzeichnisses aller Dinge der Welt, auf dessen Grunde die Langeweile des Todes verborgen ist, führt meinem alten Zweifel, ob die Amerikaner Menschen sind, neue Gründe zu, einem Zweifel, der sich durch das, was ich die Lutherschen Tischgespräche nenne, nämlich die indianischen Ausführungen eines gewissen Mister Luther aus Chicago, der sich in meiner Pension angesiedelt hat, noch verstärkt.

Der Dampfer der Station ist schon vor Tag unterwegs, und in den Vormittagsstunden wird die Beute in Glasgefäßen und flachen Schalen an die Arbeitsplätze gebracht. Mit feinsten Gazenetzen ist das im Wasser treibende Leben gefischt, der Grundstoff der Fluten des Golfes, der einer reichen, mächtigen Suppenschüssel gleicht – eine Welt von gläsernen Fäden, Stäbchen und Kügelchen. Schleppnetze haben mit schweren Bügeln die Algenteppiche abgeschoren und sich prall mit dem Mannigfaltigen gefüllt, das auf diesen farbigen Weiden sich liebt und Jagd aufeinander macht. Und immer ist etwas ganz Besonderes darunter, etwas, das man wie die bunte Spitze am Weihnachtsbaum zum ersten Male sieht – ein scharlachroter Ringelwurm von phantastischer Länge, ein feinstrahliger, safrangelber Haarstern, ein durchsichtiges Krebschen, das in einer kleinen Gelatinetonne haust, eine fleischige Flügelschnecke, der Venusgürtel, in dessen Kristallkörper ein grünvioletter Feuerfunke oszilliert. Auch die Befruchtung des Seeigeleies, die sich zu dieser Jahreszeit im warmen Wasser des Golfes myriadenfach vollzieht und bei der sich der Ansatz des Lebens scheinbar als reine Kraftstrahlung in einem hauchzarten, fast unsichtbaren Medium beobachten läßt, ist etwas, das eigentlich jeder Deutsche einmal gesehen haben müßte.

So ein Raum, in dem das Leben in vielen Formen versammelt ist, drängt den Vergleich mit der Werkstatt eines Uhrmachers auf, in der große und kleine Zeiger über hundert bemalte Ziffernblätter gehen. Zur Verwaltung des Raumes gesellt sich die der Zeit; der einfache Rhythmus, in dem der Schirm einer Qualle sich spannt und schließt, ja selbst das Pulsieren jener winzigen Flüssigkeitströpfchen in den einzelligen Tieren besitzt etwas ungemein Überzeugendes. Atmung und Kreislauf haben ihren Takt, die Stunden, in denen es zu zeugen und zu sterben gilt, sind eingeritzt; jedes kleinste Wesen trägt das ganze Gesetz in sich und ist in seiner Verantwortung unmittelbar. Jedes dieser Pendel, ob es nun lang ausholt oder kurz, schwingt in dem Punkte, der das Zentrum aller Zeiten ist. Daher verleiht es ein Gefühl der Sicherheit, vom Ticken der Lebensuhren umgeben zu sein, wie vergänglich sie auch sind; und ich teile den Geschmack des Fürsten von Ligne, dieses liebenswerten Ritters und Kriegers von Geblüt, der auf seinen Schlössern, auf deren Firsten Ketten von Tauben rasteten, von weiten Parks umringt sein wollte mit von Genisten erfüllten Gebüschen, mit dicht belebten Weideplätzen, mit von Bienen und Schmetterlingen wimmelnden Blumenbeeten und mit Teichen, deren Spiegel unaufhörlich unter dem Aufschlage fetter, schnellender Karpfen erzittern sollte.

Es gibt für Versteinerungen in tieferen Schichten einen Grad des Druckes, der ihre Form in ganz besondere Klarheit preßt, der sie jedoch, nur um ein geringes gesteigert, schnell und gründlich zerstört. So findet man zuweilen, dicht neben ausgeprägten Abdrücken von Muscheln oder Pflanzen, im Gestein verworrene Einsprengungen als Zeugnisse einer zerpulvernden und scheinbar ganz übergangslosen Vernichtung der Form.

Unter einem solchen, sehr einseitig gerichteten, Druck stand das Verhältnis des in den großen Krieg hineinwachsenden Geschlechtes zur Wissenschaft. Die letzten schwächlichen Einwände gegen die Vorherrschaft der wissenschaftlichen Fragestellung schienen durch die Väter längst so gründlich zurückgewiesen, daß es nicht lohnte, sich noch mit ihnen zu beschäftigen; ebenso hatte der Siegeszug der wissenschaftlichen Methode alle Widerstände überströmt.

In diesem mathematischen, von der trockenen und angesäuerten Luft der Laboratorien erfüllten Raume schien es dem Werdenden ganz undenkbar, *nicht* in der Richtung des Fortschrittes zu gehen. Die fast vollständige Unterstellung aller Formen des Lebens unter die Entscheidungen des Verstandes wurde gesteigert durch eine Art von aufrührerischer Sittlichkeit, die aus den Gebieten der Kunst, der Politik und der Gesellschaft, die sich ihrerseits drängten, sich zu einem möglichst unmittelbaren Echo der wissenschaftlichen Erkenntnis zu machen, auch auf die Schulen ausstrahlte. Sie konnte ihren Eindruck auf die Jugend nicht verfehlen, die stets die Quellen der Bewegung nur im Bewegten, nicht auch im Ruhenden zu erfassen imstande ist. Und wirklich, wenn es auch kaum noch zu kämpfen galt, so war doch hier allein der Klang der Hörner zu hören, die zur Verfolgung der letzten

Versprengten riefen, denen freilich mit billigen Stößen der Garaus zu machen war.

Der Tag, an dem während einer Bahnfahrt nach dem Schwarzwald mir ein älterer Kamerad eines jener Bücher in die Hände drückte, die sich mit der Lösung der Welträtsel beschäftigten, scheint mir bemerkenswert. Es ist nicht der sachliche Inhalt, der in der Erinnerung geblieben ist, sondern ein gewisser grimmiger und angriffslustiger Humor gegen ich weiß nicht was, der hinter den Argumenten lauerte und den auch ich beim Lesen empfand. In dieser Weise drängte sich viel heran und wurde mit einer seltsamen Begierde aufgenommen: Romane französischer, flämischer und nordischer Naturalisten, das soziale Drama, das kritische Sittenstück, die kultischen Ansprüche der Volkswirtschaftler, Astronomen, Zoologen und Chemiker.

Ohne Zweifel bestand der Genuß, den diese Beschäftigungen erweckten, im unbewußten Behagen an einer sich der Formen einer scheinbaren Ordnung bedienenden Anarchie, die kälter und strenger als die des Herzens war. Sie wurde von den Vertretern der Autorität mit Wohlwollen betrachtet, von patenten Oberlehrern, eingeschworen auf das Dogma der großen Heidelberger Scheidekünstler und Jenenser Biologen, und von Vätern, die bei Tisch auf den Unsinn der humanistischen Gymnasien schimpften und denen, wie jede Bindung, längst auch die einer tieferen erzieherischen Verpflichtung lästig geworden war.

Es ist nun zwischen der Anarchie des Verstandes und der des Herzens ein großer Unterschied. Der Verstand wird in demselben Maße, in dem er vernichtet, unfruchtbar, da er sich der Inhalte beraubt, die seiner Tätigkeit Nachdruck verleihen. Umringt von zertrümmerten Werten, verliert er seine Gültigkeit; nichts als der öde Triumph entleerter Maße, nichts als die tödliche Herrschaft der Zahlen bleibt zurück.

Für das Herz dagegen gilt der alte Spruch, daß den Unerschrockenen die Ruinen nicht verschütten können. Auch ihm ist der Drang nach Vernichtung eingeboren, doch wenn es sich auch von allem abscheidet, was es umgibt, und die Wer te in seinem eigenen Schmiedefeuer verbrennt, so bleibt ihm doch immer jener unsichtbare und nicht zu fassende Wachstumspunkt, von dem aus der Aufbau neu und wunderbar beginnen kann. So bildet sich um den heiligen Antonius mitten in chaotischen Wüsten eine mächtige Welt, von Himmeln und Höllen umspannt, reicher, wilder und geheimnisvoller als jede wirkliche Welt. Das gläubige Gemüt war sich dieses unaussprechlichen Rangunterschiedes wohl bewußt. Es liegt eine tiefe Überzeugung von der Aristokratie, vom unverleihbaren Uradel der Seele in einer Anschauung, die ein winziges Kloster, in das ein Heiliger sich zurückgezogen hat, von Legionen von Dämonen umlagert und von Heeren von Engeln verteidigt werden läßt, während daneben eine riesige Stadt, von der Geschäftigkeit der Millionen erfüllt, ganz unbeachtet bleibt. Es ist dieselbe Überzeugung, die in der heroischen Welt, wie sie im Nibelungenliede oder in den Gesängen Ariosts zum Ausdruck kommt, einen einzigen Ritter sich einer ganzen Armee von Bewaffneten entgegenstellen läßt als Symbol, daß die Zahl dem Werte gegenüber ohne Bedeutung ist und daß der Wert über jede Vernichtung triumphiert.

Sicherlich trugen die guten Kräfte jener Generation, die so bald in schreckliche Einöden und flammende Wüsten verschlagen werden sollte, sowohl den Drang zur Zerstörung wie den magischen Wachstumspunkt in sich. Sicherlich tauchte ein anarchischer Trieb des Herzens ihre Seele in das Element der Unruhe und Gefahr, das von Anbeginn in ihrem Horoskope verzeichnet stand. Aber wo hätte diese Unrast einen Angriffspunkt finden können inmitten der Sicherheit und Zweifellosigkeit der peinlich durchkonstruierten Welt, in die hineinzuwachsen sie im Begriffe standen? Hier sah sich jede Unzufriedenheit mit Notwendigkeit in den leeren Raum verbannt, wenn sie nicht die Mittel des Verstandes für sich in Anspruch nahm und sich in den Rüstkammern der Wissenschaft bis an die Zähne bewaffnete. Und so entstand das sonderbare Bild, daß junge Leute, durch ein geheimnisvolles Walten für die heiße und grausame Welt des Abenteuers bestimmt, sich vorbereiteten, in die Mauern der Bibliotheken

Bresche zu schlagen und sich in die weißen Arbeitsmäntel der wissenschaftlichen Institute zu panzern — in der festen Überzeugung, auf dem Wege ins vorderste, schärfste Treffen zu sein.

Ja — und *waren* sie es nicht trotz alledem? Schließlich ist der Verstand ein Mittel wie jedes andere, und in einer Welt, der nur die Mathematik von Bedeutung schiene, würden neue Lehrsätze von unerhörter Kühnheit die gegebenen Handhaben des Umsturzes sein. Wie man, sofern man es nur will, mit jedem Kieselstein, der zufällig am Wege liegt, einen Mord begehen kann, so wird jedes Feldzeichen gefährlich, wenn es das Herz ist, das es entrollt.

So begannen wir das seltsame Schauspiel zu ahnen, das sich bereitet, wenn Blut in einen erstarrenden Mechanismus schießt. Sein erstes Symbol war der Krieg, in dem die Materie in ihrer tödlichsten Herrschaft triumphierte und in dem gleichzeitig das Blut der Jugend eine Verantwortung nach der anderen auf sich lud — in dem sie beide sich gegenüberstanden, um sich ihren Sinn zu entziehen, und sich doch durchdrangen wie Ströme von flüssigem Metall. In diesem unvergleichlichen Ereignis, dessen Folgen noch unübersehbar sind, wurde jener Grad des Druckes erreicht, der eine alte Ordnung, eine versteinerte Form des Lebens zu Pulver zersprengt.

Seien wir uns darüber klar, daß das, was dieses Geschlecht damals so jubelnd begrüßte, ebensosehr die innere Aussicht auf Zerstörung wie die auf Wachstum war. Hier riß das Schicksal einen kürzesten und gefährlichsten Weg auf zu dem, was von Anbeginn notwendig in ihm beschlossen lag.

Es ist im einzelnen nicht ohne Reiz, zu beobachten, wie man die Lasten auf andere Schultern legt. Gerade die Übergänge verraten etwas sehr unter Zwang Stehendes; einerseits sucht sich das Leben noch auf die gewohnte Weise zu motivieren, andererseits sind es sehr neuartige Dinge, die es zu treiben beginnt. Es ist nur der Akzent, der sich verschiebt, aber schließlich macht der Ton die Musik; und wenn etwa ein

Zoologe plötzlich im höchsten Maße von Mutationen statt von Variationen gefesselt zu werden beginnt, so setzt das bereits eine umfassende Zerstörung voraus.

So schließt man in aller wissenschaftlichen Harmlosigkeit und in der exakten Haltung von Beamten, die ihre Kontrolluhr stechen, recht dunklen und längst zum Hauptportal hinausgejagten Existenzen die Hintertüren auf. Ohne Zweifel dringt ein peinlicher Hintertreppengeruch langsam bis in die Staatsgemächer vor — aber was besagt das viel? Neue Zeiten pflegen sich unter der Kapuze einzuschleichen; die Hintertreppe ist ihr gegebener Weg, und an den Tagen der Bastillestürme ist alles Wesentliche längst geschehen.

Solche Zeiten des Überganges erfüllen den Lebensraum mit einem starken und anregenden Parfüm, das Fäulnis und Fruchtbarkeit zu einer seltsamen Einheit mischt. Dieser Geruch ist dem des Seetangs verwandt, den das Meer in lichtgrünen Gespinsten, in schwarzen Büscheln und glasbraunen Trauben über die Strandlinie wirft als Bett, auf das es die bunten Opfer seines Überflusses streut. Vieles geht dort dahin, und der Wanderer sieht seinen Weg von Verwesung gesäumt. Er sieht die weißen, zarten Leiber der Fische von der Zersetzung gebläht, den Seestern von den Spitzen seiner leuchtenden Zacken her zu mißfarbigem Leder verdorren, den geschwungenen Rand der Muschel klaffend aufspringen, um den Tod zu empfangen, und die Quallen, diese treibenden Prunkaugen des Ozeans mit ihrer goldflimmernden Iris, so gänzlich dahinschwinden, daß kaum ein trockenes Schaumhäutchen von ihnen bleibt. Dennoch wird all dieses ständig von den spitzen, salzigen Raubtierzungen des Meeres beleckt, die nach dem Blutstoff zu spüren scheinen, um ihn wieder einzuschlürfen. Dieses Tote ist den Quellen des Lebens verbunden, und daher ist sein Geruch dem männlichen Geschmack vertraut. Es ist nicht der Aashauch der reinen Verwesung, der schwül und drohend über den Schlachtfeldern lagert, die der Krieger verlassen hat. Wohl fällt auch hier, wenn die See in der Ferne summt wie eine der großen Muscheln, die wir als Kinder vom Kaminsims nahmen, um daran zu horchen, und deren rosafarbene Haut die fetten blauen Stockflecken einer seltenen tropischen Krankheit zu treiben schien – wohl fällt auch hier die Nähe des Todes jenen Tropfen Mohn ins Blut, der schwermütig und träumerisch stimmt und den dunklen Maskenzug der Vernichtung beschwört. Doch dafür trifft auch der Strahl des Lebens dreimal leuchtend das Herz wie aus dem geheimnisvollen schwarzen Stein, der rote Blitze schießt. Dies ist die krause Witterung des Fleisches, mit den beiden großen Symbolen des Todes und der Zeugung belehnt und daher wohl würdig, den Grenzgang zu würzen zwischen Festland und Meer.

So ist, was durch die Kraft einer Zeit über die Strandlinie der Erscheinung gehoben wird, dem Untergange geweiht. Der Punkt, an dem die Welle zurückströmt, offenbart die stärkste Prägung der lebendigen Form. Schon sind die feinsten Züge der Bildung sichtbar und so in sich geschlossen, daß jeder weitere Strich zuviel sein würde, und doch ist das Ganze noch eingehüllt in den flüssigen Schimmer des lebendigen Elements. Doch die Anziehung der Tiefe saugt das Leben von seinen Ausschweifungen zurück; und hier, nicht anschließend an ein Ende, sondern unmittelbar an einen Höhepunkt, beginnt das Künftige.

Die Arbeit dieses Künftigen, geleistet nicht etwa durch die Anstrengungen einer menschlichen Generation, sondern durch ein kosmisches Walten, das wunderbar und daher unerklärlich ist und das sich dieser Generation bedient, drückt sich zunächst als Vernichtung aus. Das bewegende Element, die Lebenskraft im tieferen Sinne, ihrerseits wiederum durch das Wunderbare bewegt, zieht sich ab von ihren zeitlichen Bildungen, und der Hauch der Verwesung steigt auf. Aber da nun dieses Wesentliche, dieser Zusammenhang mit der Tiefe, aus den Bildungen scheidet, so bleiben sie nicht als Bildungen, sondern als Abbildungen zurück, so wie die Meereswelle nur die Panzer der Seeigel, die bröckelnden Schalen der Muscheln und den faden Schaum der gläsernen Tiere hinterläßt. Daher geschieht niemals, was ja auch völlig sinnlos und somit unmöglich wäre, Fäulnis im wesentlichen Kern. Ihr

Dunst verrät wohl, daß das Leben stirbt; aber er verrät zugleich, daß es den rettenden Rückzug zur mütterlichen Tiefe gefunden hat. Dort, in den dunklen Zonen einer chaotischen Fruchtbarkeit, rüstet es zum neuen Vorstoß in die Zeit, dort, in der wärmeren Nähe des Wunderbaren, zeugt es die glänzenderen Urbilder, um sie wiederum als Bilder über die Barrieren der Erscheinung zu schleudern.

Es kann dem, der diese Flut und Ebbe, diese wilde Bewegung und diese noch bewegtere Stille des Lebens auch in sich lebendig fühlt, ihr Wirken in allen Zeiten und Räumen nicht verborgen bleiben. Gegenüber der unendlichen Spannung, vor der in einem frommen Herzen das Zeitliche verblaßt, bedeutet die Spannung zwischen zwei aufeinanderfolgenden Jahrhunderten ja nicht viel, noch weniger die zwischen Generationen oder gar zwischen Einzelnen. Und doch nimmt der Einzelne in seinen Konflikten, wie wenig oder viel sie bedeuten mögen, an all diesen Spannungen teil — nur in ihnen und durch sie kann er sich über das klar werden, was er sein Jahrhundert zu nennen liebt. Denn irgendwie fühlst du dich in dieser Zeit von einer wütenden Unruhe ergriffen, die größer, schmerzlicher und reicher an Hoffnung ist, als daß sie sich auf ein Einzelschicksal beziehen könnte.

Die Lage, in der sich unser Instinkt zurechtzufinden hat, ist immer noch die, daß die Abbilder der Werte eines durch verstandesmäßige Erkenntnis beherrschten Jahrhunderts das einzig Sichtbare sind, während das Leben bereits unter der Bannkraft neuer, verborgener Urbilder steht. Dies bringt die gültigen Ordnungen und die sich immer dringender anmeldenden Werte in einen Gegensatz, der noch heute nicht entschieden ist.

Dieses Jahrhundert gleicht uns sehr. Obwohl es in seiner Wiege bereits eine Reihe von Schlangen erdrückte, ist es doch mit dreißig Jahren in bezug auf sein Bewußtsein noch ein Kind. Wir alle könnten unser Schulgeld zurückverlangen, insbesondere der vierte Stand, dem seine Lehrmeister ein geradezu hoffnungsloses Autoritätsbewußtsein mitgegeben haben. Wie soll einer Bäume ausreißen, der nicht auf den Rasen zu treten wagt.

Mit stereoskopischem Blick betrachtet, bietet etwa der späte Darwinismus, der noch auf unsere Jugend entscheidende Schatten warf, ein seltsames Bild. Auf der einen Seite erscheint er als Anstrengung des wissenschaftlichen Willens in seiner emsigsten Tätigkeit, bereit, das Leben nicht nur zu erklären, sondern es gänzlich auszufüllen und in den letzten seiner Bezirke einzuströmen.

Vom andern Pole aus jedoch überrascht ein phantastisches Spiegelbild: das Leben, vordringend in den wissenschaftlichen Raum, um sich mit dem Geschrei der Märkte, dem Haß der Blutsgemeinschaften und dem Toben politischer Kämpfe in ihm anzusiedeln. Das Ganze ist ein magischer Vorgang von hohem Rang, nur vergleichbar mit gewissen aus dem Dunkel von Träumen auftauchenden Masken, deren Ausdruck sowohl tödliche Starre wie dämonische Bewegung zu spiegeln scheint.

Der Zweifel, dessen bissige Meute das Leben von seiner eigentlichen Bühne in immer höhere und gefährlichere Ränge hetzt, bis es sich in eisige, luftleere Räume verschlagen sieht. Doch während hier sein Formenschatz in den Abgrund stürzt, schwingt sich das, was diesen Schatz zu schaffen vermochte, mutig hinaus zur Herrschaft über ein neues Element — und wer weiß, ob hinter dem Ganzen nicht von vornherein die Sehnsucht zum Fluge lebendig war?

Da die Einzelnen sich darauf angewiesen sehen, in den vorhandenen Formen um die neuen Werte zu kämpfen, so schleppen sie, ohne es zu ahnen, in die Welt dieser Formen die Zersetzung ein. Aber, wie gesagt, geschieht Fäulnis niemals im wesentlichen Kern; und eine Untersuchung, auf welchen Wegen und Umwegen sich das wertvolle Leben rettet aus diesen unsichtbaren und tödlichen Mikrobenschlachten zwischen zwei Zeitaltern, würde ein lohnendes Schauspiel bieten. Jedes Sterben findet auf der Schattenseite des Lebens statt, wie jedes Leben sich vom Tode ernährt.

Ohne Zweifel sind die Psychologen diejenigen, die heute am wenigsten über die Seele auszusagen imstande sind, es sich aber zur Ehre anrechnen dürfen, durch ihre Tätigkeit allein den Bestand aller vier Fakultäten zu jenem Gedankenpuder zu zerreiben, der wie eine dichte Gipswolke die Trümmer des 19. Jahrhunderts verbirgt.

Wie geschäftig sperrt man der Scharlatanerie, den verspäteten Cagliostros und Saint-Germains, die Torflügel auf. Dies ist die Stunde, in welcher der Arzt und der Quacksalber sich in der Türe begegnen, die Stunde entre chien et loup.

Strindberg, der sich mit dem Falle Dreyfus und der Goldmacherei beschäftigt — ein gutes Beispiel für eine Haltung, die auf der gefährlichen Schneide zwischen zwei Zeitaltern steht.

Zinnowitz

Im dichten Gestrüpp hinter der Düne, das durch seine Üppigkeit erstaunt, erbeutete ich auf meinem gewöhnlichen Spaziergange ein glückliches Bild: das große Blatt einer Zitterpappel, in das ein kreisrundes Loch gebrochen war. Bei näherer Betrachtung schien von seinem Rande ein dunkelgrüner Fransensaum herabzuhängen, der sich als ein aus einer Reihe von winzigen Raupen bestehendes Gebilde entpuppte, die sich nur mit den Kiefern am Blattmark hielten. Es mußte hier seit kurzem ein Schmetterlingsgelege ausgekommen sein; die junge Brut hatte sich wie ein Feuerbrand des Lebens auf ihrem Nährboden ausgedehnt. Das Seltene dieses Anblickes bestand in der fast absoluten Schmerzlosigkeit der Zerstörung, die er vorspiegelte; so machten jene Fransen den Eindruck herabhängender Fasern des Blattes selbst, so daß gar nichts an Substanz verlorengegangen schien. Hier war es so augenscheinlich, wie die doppelte Buchführung des Lebens sich abgleicht; ich mußte an den Trost Condés denken, den er dem über die sechstausend Gefallenen der Schlacht bei Freiburg weinenden Mazarin spendete: »Bah, eine einzige Nacht in Paris gibt mehr Menschen das Leben, als diese Aktion gekostet hat.«

Ich habe für diese Haltung der Schlachtenführer, die hinter der Verbrennung die Veränderung sieht, immer viel übrig gehabt, wie für jede Haltung, die dem Menschen einen Wert zumißt, gleichviel ob dieser Wert fast nichts oder fast alles umfaßt, weil sowohl die eisige wie die feurige Luft der so geschätzten Stalltemperatur gleich unzuträglich ist. So empfinde ich ein inniges Vergnügen bei dem Gedanken an das für Chateaubriand so ärgerliche Wort von der Consomption forte, vom starken Verzehr, das Napoleon zuweilen in jenen für den Feldherrn untätigen Augenblicken der Schlacht zu murmeln pflegte, in denen alle Reserven auf dem Marsche sind, während die Front unter Kavallerieattacken und dem Beschuß der vorgezogenen Artillerie wie unter einer Brandung von Stahl und Feuer zerschmilzt. Das sind so Worte, die man nicht missen möchte, Fetzen von Selbstgesprächen an magischen Schmelzöfen, die glühen und zittern, während im rauchenden Blute der Geist in die Essenz eines neuen Jahrhunderts überdestilliert.

Vergegenwärtigen wir uns aber, daß diesen Gipfeln einer prächtigen Unbarmherzigkeit die doppelte Höhe zukommt, insofern sie der Tiefebene einer immer feineren und schmerzlicheren Empfindsamkeit entwachsen? Das Leben, das sich an die Tafel setzt, um seine eigenen Herzstücke zu verzehren — das ist auch ein Bild unserer selbst. Der Wille zur Macht, auf seinem schrecklichen Wege durch einen peinlichen Willen zur Wertung kontrolliert, der das Maß der angerichteten Zerstörung nachrechnet und sie in ihrer vollen Schmerzlichkeit vor das Bewußtsein zu bringen sucht — in diesem Bestreben, Raupe und Blatt zu gleicher Zeit zu sein, habe ich kurz nach dem Kriege das quälende Anzeichen der Unsicherheit unserer Ansprüche gesehen. Aber schon die Tatsache, daß dieser Chorus anklagender Stimmen sich nicht überhören läßt, daß jede einzelne von ihnen verarbeitet werden will, muß stutzig machen. Und wirklich verhält es sich ja auch nicht so, daß das Mitleid, die Humanität, kurz die Nerven im feineren Sinne, der Stoßkraft des Blutes Abbruch tun, sofern diese nur vorhanden ist. Es ist keine Kraftverminderung, die sich hier ergibt, sondern eine unerhörte Steigerung des Abstandes und der Gefährlichkeit. Der Fürst von Ligne: »Mit dem Vergnügen des Soldaten und dem Schmerze des Philosophen sah ich zwölfhundert Bomben in die Luft steigen, die ich auf jene armen Teufel abzuschießen befohlen hatte.« Man muß die Messer des Schmerzes am eigenen Leibe fühlen, wenn man mit ihnen sicher und kaltblütig operieren will; man muß die Münze kennen, mit der man bezahlt. Daher fallen auch an den herrlichen Kriegerköpfen, die die Bildhauerei und Erzgießerei uns erhalten haben, so oft die geheimen Siegel des Schmerzes auf. Das heroische Gemüt, das sich verpflichtet fühlt, keiner Belastung auszuweichen, darf auch diese nicht scheuen. Eine Idee, die nicht begierig ist, jede Möglichkeit der Verantwortung an sich zu reißen, gleicht einem Gebäude, das man zu unterkellern vergißt.

Gerade dies, das Ausweichen vor der Verantwortung dort, wo sie ernsthaft zu werden beginnt, und das Billige der Erfolge, die heute zu ernten sind, hat mich die politische Tätigkeit sehr bald als unanständig empfinden lassen. Welche Mauselöcher der Verantwortungslosigkeit stellen die Parteien dar in einer Zeit, in der die Werte bei Tag und Nacht auf der Goldwaage zittern sollten, und wie dankbar muß man den jungen Leuten sein, die sich vor einer jedem entschlossenen Herzen unerträglichen Niederträchtigkeit hinter die Mauern der Gefängnisse zurückgezogen haben. Man kann sich heute nicht in Gesellschaft um Deutschland bemühen; man muß es einsam tun wie ein Mensch, der mit seinem Buschmesser im Urwald Bresche schlägt und den nur die Hoffnung erhält, daß irgendwo im Dickicht andere an der gleichen Arbeit sind.

Wir besitzen in der Welt den Ruf, daß wir Kathedralen zu zerstören imstande sind. Das will viel heißen zu einer Zeit, in der das Bewußtsein der Unfruchtbarkeit ein Museum neben dem andern aus dem Boden treibt. Und wirklich, wenn man mit schärferen Gläsern schaut, wenn man sich durch die scheinbare Schmerzlosigkeit der Vorgänge nicht täuschen läßt, muß man erkennen, daß wir uns bemühen, eines hohen Grades der Schonungslosigkeit würdig zu werden. Man muß erkennen, daß wir uns bemühen, uns Schmerz zuzufügen, und daß wieder wie im 15. Jahrhundert der Rauch der Scheiterhaufen über der Landschaft steht. Wir, deren Sprache die meisten Fremdworte zu ertragen vermag, haben nicht nur dem Osten und Westen weit die Tore geöffnet, sondern jedem Raum und jeder Zeit, die für uns erreichbar sind. Dies alles gleicht der peinlichen Frage der alten Kriminalordnung, und wer könnte etwa die eschatologische Welt Dostojewskis anders an sich herantreten lassen als mit Zähneklappern — mit der Furcht, keine Antwort zu finden, deren Unbarmherzigkeit dem Maße des angetanen Schmerzes entspricht. Die Beschäftigung des Deutschen zu dieser Zeit ist die, von allen Ecken der Welt Material herbeizuschleppen, um den Brand zu nähren, den er unter seinen Begriffen gestiftet hat. So ist es denn kein Wunder, daß alles, was brennbar ist, in vollen Flammen steht.

Über das Schreckliche dieses Vorganges, der sich im menschlichen Bestande vollzieht, läßt sich eigentlich nur mit ganz jungen Menschen sprechen — mit besonders gefährdeten, mit solchen, deren Seele viel Zündstoff besitzt. Er hat nichts Problematisches, sondern im Gegenteil etwas sehr Notwendiges, unter Zwang Stehendes, und so gibt es nichts Unangenehmeres als den deutschen Literaten, der sich ihm mit seinen Fragestellungen des 19. Jahrhunderts, vor allem mit dem antiquierten Begriff der individuellen Freiheit, zu nähern sucht. Den in unseren Städten so Zahlreichen, die wie ausgebrannte Krater sind, so daß sie fast der leisesten Bewegung unfähig scheinen, kann gar nicht geholfen, ihnen kann nichts abgenommen werden. Es gibt Schmerzen, die notwendig sind, und es gibt eine tragische Disziplin, zu der jeder sich selbst gegenüber verpflichtet ist. So kann man nur wünschen, daß die Zerstörung sich so langsam vollzieht, daß das Neue nachzuwachsen vermag, ähnlich wie im medizinischen Sinne eine Verbrennung überstanden werden kann, wenn nicht über ein Drittel der Haut auf einmal verlorengegangen ist. Dies ist auch der Wert der Reaktion, des retardierenden Momentes im ganzen wie im einzelnen. So liegt eine Möglichkeit der Erholung darin, daß in Zeiten intensiver Wandlung die Politik von mittelmäßigen und veralteten Köpfen geleitet wird, daß in der Wissenschaft die statischen Systeme noch Verfechter finden, daß dem Bürger die Normen nicht verlorengehen, denn auf diese Weise erhält sich eine Art von künstlichem Horizont, mit dessen Hilfe die verwirrenden Gestirne einer neuen Wirklichkeit notdürftig zu fixieren sind.

Klärt nicht auch die Tatsache, daß der Mensch dabei ist, seinen Bestand zu verbrennen, die sehr merkwürdige Stellung unserer Jugend auf? Da sich in ihr dieser Prozeß am heftigsten vollzieht, steht sie sehr schutzlos, sehr vereinsamt da. So ist es bezeichnend, daß sie in den Städten im eigentlichen Sinne des Wortes gar nicht wohnberechtigt ist und in den Häusern, die die Eltern vor dem Kriege erbauten, ihr Obdach suchen muß. Ebenso ergeht es ihr in den Berufen, in den wissenschaftlichen Disziplinen, in der Politik, im Moralischen – es mangeln ihr die Wände und harten Schalen, daher richtet sie sich in den vorhandenen notdürftig als Untermieter ein.

So entsteht das Bild von Kriegern, die in Bürgerzimmern kampieren, oder von Explosivstoffen, die in den Fächern von Krämerläden gelagert sind. Höchst merkwürdige Erscheinungen bilden sich so heraus, etwa von Mystikern, die sich der fachwissenschaftlichen Terminologie des 19. Jahrhunderts bedienen, von Revolutionären innerhalb konservativer Parteien, von Anarchisten, die allem Anschein nach auf dem Gebiete der Astrophysik oder der Atomtheorie produktiv tätig sind.

In der Summe dieser Vorgänge zeichnet sich die geheime Mathematik des letzten Krieges nach: Der scheint am meisten gewonnen zu haben, der am meisten verloren hat. Alle Menschen und Dinge dieser Zeit drängen einem magischen

Nullpunkt zu. Ihn passieren, heißt der Flamme eines neuen Lebens ausgeliefert zu sein; ihn passiert zu haben, ein Teil der Flamme zu sein.

Paris

Recht spät nach dem Kriege habe ich einmal wieder die französische Grenze überschritten, oder diesmal überflogen, um etwas nachzuholen, was ich schon lange als Versäumnis empfunden habe, nämlich um Paris zu sehen.

Während des Fluges machte ich die Beobachtung, daß der reine Passagier eigentlich unbefangener reist als einer, der sich selbst einmal bemühte, einen dieser stählernen Vögel zu bändigen — allerdings recht ungeschickt, wie mein sehr exakter Lehrmeister meinte, der mit kaum zwanzig Jahren schon seine dreißig Gegner heruntergeschossen hatte und der den Besitz des blaugoldenen Strahlenkreuzes für die beste Legitimation einer höheren technischen Einsicht hielt. So war ich in meinem bequemen Polster nicht ganz vom fatalen Gefühl des Auguren frei, der weiß, daß Vorgänge wie Start und Landung vorläufig noch keine automatischen Ereignisse, sondern von den Feinheiten des Temperamentes abhängig sind, und der geneigt ist, in dem betonten Luxus der Kabine doch mehr den raffinierten Anstrich der Sicherheit als die Sicherheit selbst zu erblicken. Demgegenüber besaß der einzige Mitreisende, ein Industrieller, mit seinem Frühstücken und Aktenlesen eine beneidenswerte Selbstverständlichkeit und gab so mir wiederum Gelegenheit, über mein Lieblingsgebiet, den verwickelten Traumzustand der modernen Zivilisation, diese und jene Betrachtung anzustellen.

Am Hohen Ast strich ein Zug von Graugänsen in einsamem Ruderfluge an uns vorbei. Dies war ein gutes, heroisches Bild, ein Ausdruck der tragischen Kälte, der großen Entfernung zwischen dem Lebendigen — gleichsam eine Begegnung mit der Kreidezeit.

Zum ersten Male und mit gemischten Gefühlen sah ich wieder die Front. Noch schien für einen Augenblick der stechende Explosionsdunst vorbeizuziehen, der unmittelbar vor dem Angriff aufkräuselte, aber dies alles ist uns noch zu nah, zu wirr und den namenloseren Gültigkeiten des Mythos noch zu fern. Mich zieht wenig an diese Stellen zurück, die der museale Trieb unserer Zeit für die amerikanischen Vergnügungsreisenden konserviert und an denen sicher das ekelhafte »Here you can see — — —« ertönt, das mir den Aufenthalt auf dem Forum Romanum zuwider machte. Was liegt an diesen Räumen — wir haben dort entschiedener gelebt als im Raume und in der Zeit. Daher werden mir auch alle Lichtbilder aus dem Kriege immer mehr verhaßt, wie denn überhaupt die Photographie einen der unangenehmsten Versuche darstellt, dem Zeitlichen eine unziemliche Gültigkeit zu verleihen — als Schöpferin materieller Abbilder, die den dunklen Strahlen der geistigen Sonne, von der Swedenborg spricht, entzogen sind.

Lieber wüßte ich die Ruinen in der Einsamkeit riesiger Wälder verloren, in deren Dickicht man sich selten verirrt, lieber die Erinnerung an die Stimme eines erschlagenen Sängers geknüpft, gleich der Volkers in König Etzels glühendem Saal, in dem man das rauchende Blut aus Helmen trank, lieber noch dies alles hinabgesunken in eine jener Sagen von ewiger Fruchtbarkeit — vom schrecklichen Aufstand irgendeines Giganten Chthonios oder von einer Ausgeburt des chaotischen Meeres, einem schwarzen Stier, der mit feuersprühenden Nüstern die zitternden Flanken Europas besprang.

So war ich eigentlich froh, daß dort unten die Gräben mit ihren Schulterwehren nur noch als matte weiße Bänder schimmerten, deren Spur der Pflug bald ganz verwischt haben wird, und daß die Dörfer wieder in ihrer friedlichen Ordnung schienen, allerdings ein wenig amerikanisch, wie auf Bestellung serienweise aus dem Boden gestampft, jedes mit einer sauberen Kirche aus Ankers Steinbaukasten im Mittelpunkt. Zerstörung war auf dieser Route wenig mehr zu sehen; es scheint uns auch selbst das Talent zu mangeln, so rechte Ruinen zu schaffen wie etwa Karl der Kühne von

Burgund, einer meiner Lieblinge, der auf seinen Märschen gegen das Paris Ludwigs XI. mit seiner Garde wackerer Bogenschützen in manchem dieser uralten Nester gerastet haben mag.

Einige bereits dicht mit Brombeerranken versponnene Schützenlöcher riefen die Erinnerung am lebhaftesten wach, und als gleich darauf andere erschienen, aus denen die Erde nach Osten geworfen war, wußte ich, daß ich noch niemals so bequem über das Niemandsland hinweggekommen war. Auch daß es ein französischer Pilot war, der mir dazu verhalf – denn wir hatten in Köln die Maschine gewechselt – schien mir nicht ohne Reiz.

Als mir das durch den Sinn fuhr, hatte ich wieder einmal Gelegenheit, mich selbst zu begrüßen, wenn ich einen seltsamen Zustand so nennen darf, der keinem Menschen ganz unbekannt sein wird. Ich meine die Beantwortung von Fragen, die man sich einmal, vor Jahren, stellte und für die man später, in einem entwickelteren Zustande, die Antwort hat: Im Augenblicke der Erinnerung tritt man sich gleichsam selbst in zwei Personen, in der des Fragenden von früher und in der des Antwortenden von heute, gegenüber; und ein Gefühl der Rührung löst sich aus, dessen Sinn wohl in dem Mitleid besteht, mit dem man sich so aus dem dunklen Strome der Zeit auftauchen sieht und aus zwei kleinen Lichtpunkten ermißt, wie sehr man doch ins Ungewisse verschlagen ist.

Damals, dort unten, im Fegefeuer, wenn der nächtliche Grabendienst gar kein Ende nehmen wollte, dachte ich oft, halb im Fieber an meine Schulterwehr gelehnt und die rechte Hand auf den groben Knauf der Leuchtpistole gestützt, wie denn dies alles enden würde, welchen verborgenen Zielen es zutriebe, und der große Bann schien mir so stark, daß ich mir eine künftige Welt des Friedens gar nicht vorstellen konnte. Eine Bemerkung La Bruyères, auf die ich später stieß, drückt es aus: »Wenn das Volk in Bewegung ist, begreift man nicht, wie die Ruhe wieder einziehen könnte; und wenn es friedlich ist, sieht man nicht, wie sie aufhören könnte.«

In diesen Nächten schien kein Entrinnen möglich, man

war auf den Grund eines Brunnens versenkt, in den nicht der schwächste Fixstern hinunterleuchtete; die tiefe, finstere Schlucht des Grabens besaß etwas Erdrückendes. Und hier schien es mir eigentlich nicht so schrecklich, fallen zu müssen, als vor dem Schlusse des letzten Aktes aus einem Stücke auszuscheiden, bei dem man doch mit Leib und Seele Mitspielender war — als so aus dem Dunklen ins Dunkle zu gehen. Dieses Gefühl verließ mich nie ganz, jede Möglichkeit einer Lösung schien mir absurd; und heute will es mich mit einem leisen Schauer erfüllen, daß ich mich einmal, als mir der Tod am Herzen vorbeifuhr, der Lösung am nächsten fand.

Nun, beim Anblick der verwachsenen Erdlöcher, wurde die Erinnerung an jene Fragen und an jenen Fragenden wach. Es ist doch so, daß in der Art der Frage bereits die Antwort, in der Unruhe bereits die Ahnung einer ganz bestimmten Ruhe liegt. So kann ich jetzt wohl begreifen, warum mir damals kein Grad des Sieges und kein Grad der Niederlage im Sinne der Kriegs- und Friedensziele geeignet schien, dem Geschehen, in das wir verflochten waren, seinen sinnvollen Abschluß zu geben. Was hülfe es dem Menschen, wenn er die ganze Welt gewönne — oder auch verspielte — — —

Ich erinnere mich, daß ich mich eines Tages mit einem Mitschüler um eine gemeinsame Briefmarkensammlung stritt, zu der ich kaum weniger als alles beigesteuert hatte. Ein Prachtstück nach dem anderen zählte ich auf, und als ich meinte, alle meine Trümpfe gründlich ausgespielt zu haben, erhielt ich zur Antwort: »Vergiß aber meine braune Parma nicht.« Merkwürdigerweise war es gerade die Winzigkeit, die Hilflosigkeit dieses Arguments, die mich völlig entwaffnete. Sie verlieh mit einem Schlage dem Braun dieses Papierfetzens einen seltsamen Glanz. Diese braune Parma, die Gefühlswert gewonnen hatte und dadurch unwiderstehlich geworden war — es sind nicht die *Dinge,* bei denen die letzte Entscheidung liegt.

So will es mir auch scheinen, daß die Kriegsziele, die meine Gedanken damals beschäftigten, all diese Provinzen, Inseln und Kolonien, die ich für uns erträumte, mich deshalb nicht befriedigen konnten, weil ihnen der entschiedene Gefühlswert mangelte. Noch waren es mehr äußere Möglichkeiten, die sich hier andeuteten, als die Bedürfnisse einer inneren Notwendigkeit. Immerhin waren, wie mir inzwischen sehr deutlich geworden ist, diese geographischen Träumereien nichts als verkappte ethische Forderungen; und die Logik der Sittlichkeit ist weit unbestechlicher als die, die dem Verstande innewohnt. Daß es um viel mehr ging als um Besitz und Bestand, nämlich um ein tieferes Sein, mit einem Worte um *Läuterung*, das deutete sich, obwohl man es nicht wissen konnte, nicht wissen durfte, bereits in der Unruhe an. Man durfte es nicht wissen: weil man sonst nicht hätte kämpfen können. Noch unsere innersten Kämpfe bedürfen des Orchesters der realen Welt, und unsere Verehrung der Kräfte ist an Bilder geknüpft. Eine eroberte Provinz ist ein großes, verpflichtendes Symbol, ein reiches Stück Leben, in dem das Blut einer gefallenen Jugend fruchtbar wird.

Aber wenn solche Verwirklichungen fehlen, meldet das Blut der Erschlagenen dunklere Ansprüche an. Wo die äußere Prägung fehlt, richtet sich die Aufmerksamkeit schärfer der inneren Währung zu.

Zu dem, was ich dort unten gefunden habe, gehört die tiefere Liebe zur Nation, die mir, wie ich wohl weiß, vor dem Kriege mangelte. Der Pöbel hat, wie das nicht anders zu erwarten war, das Land im Stiche gelassen. Der Bürger hat sich von der deutschen Idee abgeschnürt, um ein Deutschland der zeitlichen Erscheinung zu konservieren. Er hat die vordersten Kampfgräben verlassen, und das ist gut, denn es befreit den großen Aufstand von jenem Hauch der Wohlanständigkeit, der auch den stärksten Wein ansäuerlich macht. Wie leicht wäre es ferner, mit den Geistreichen geistreich zu sein. Aber dies alles, dieses Gasgemisch aus Verrat, Stickluft und wohlfeiler Ironie, das den Motor der Korruption in Bewegung hält, muß sich schon deshalb selbst verzehren, weil es dem Willen zur Unfruchtbarkeit entstiegen ist. Daher heißt, hiergegen anzukämpfen, sich seine Aufgabe gar zu billig machen. Es hat keinen Sinn, sich einer Zerstörung entgegenzustellen, die unaufhaltsam ist. In der sauberen Begrenzung und im gerüsteten Abwarten liegt die Kraft kleiner, kriegerischer Gemeinschaften, denn Fäulnis geschieht nicht im wesentlichen Kern; und der Bestand, der abgebrochen wird, ist ebenso belanglos wie jene Kräfte, die sich damit beschäftigen.

Es gibt heute in Deutschland vielmehr nur *ein* Verbrechen, und dies kann nur von den wertvollsten Kräften begangen werden. Es besteht, ob man nun denkt oder handelt, in der Unterlassung des Bestrebens, jede Fragestellung bis in die letzte Schicht der Verantwortung hineinzutreiben. Ein einziger Schlageter ist unendlich wertvoller als die öde Soldatenspielerei von hunderttausend anderen. Dieses Beispiel zeigt, wie das der Idee gemäße Handeln einer höheren als der zweckmäßigen Ordnung angehört und *Bilder* von höchster Fruchtbarkeit und Abgeschlossenheit erzeugt, an denen der gemeine Sinn nicht teilhaben darf.

Jenes Gefühl einer tödlichen Verwundung, das ich immer wieder streifen muß, hat mir vielleicht den größten Aufschluß gegeben, den durch ein Erlebnis zu erlangen überhaupt möglich ist. Ich hatte schon oft gehört, daß bei Ertrinkenden oder im Gebirge Abstürzenden in dem Augenblick, in dem der Untergang entschieden ist, sich ein sehr angenehmer, friedlicher Zustand einstellen soll, verbunden mit einem stürmischen Anfluten der Vergangenheit, mit einem blitzartigen Abrollen von Bildern einer inneren Laterna magica. Solche Dinge fesseln uns immer, wenn wir von ihnen hören; es ist jedoch schwer, sich eine auch nur annähernde Vorstellung von ihnen zu bilden. So scheinen mir auch die Vorgänge jenes unfaßlich kurzen Augenblickes weit sinnreicher zu sein, als daß man sie erklären könnte.

Was mir nachträglich besonders wunderbar erscheinen will, ist der urplötzliche Übergang aus der wildesten Anstrengung des Willens, aus einem Sturmangriff heraus in eine vollkommene und willenlose Beschaulichkeit — aus einem Übermaß der Raserei in die hellsichtigste Klarheit und Ruhe, die sich denken läßt. Dies alles, an dem man sich eben noch bis zum letzten Nerv beteiligt hatte, blieb wie das Tosen der Brandung zurück, die doch nur für den Bedeutung besitzt, der von ihr geschleudert wird, während sie für den Versinkenden verklingt. Aber nicht dies ist das treffende Bild, sondern es war eher, als ob im Raume des Schlachtfeldes noch ein tieferer Raum vorhanden gewesen sei, eine geheimere Kammer, deren man sich in ebendemselben Maße bewußt wurde, in dem das äußere Bewußtsein erlosch.

Aber was sich dann abspielte, das war etwas ganz anderes als das Auftauchen der Bilder der Vergangenheit. Es war vielmehr das Auftauchen ihrer Inhalte, ihrer bedeutsamen Quelle, und zwar in einer Weise, die alles Geschehene als durchaus notwendig, als gut, als fromm, als richtig oder was man sonst noch für Maßstäbe anlegen möge, begriff.

Es war eine Erinnerung, der bereits das Gedächtnis verloren gegangen war. Es war, als ob nach einer Oper, wenn der Vorhang schon gefallen ist und alle Personen, die auftraten, bereits in der Garderobe beim Umkleiden sind, noch einmal im leeren Raum von einem unsichtbaren Orchester das Grundmotiv gespielt würde — einsam, tragisch, stolz und mit einer tödlichen Bedeutsamkeit.

Wenn man im dichten Nebel einen Berggipfel erstiegen hat und beim Durchbruch der Sonne sich plötzlich inmitten einer ungeheuren, nur dunkel vorgeahnten Landschaft sieht, erkennt man mit Überraschung, daß man sich eigentlich während des ganzen Weges in ihrem Zentrum befand und daß jeder einzelne Schritt zu ihr in Beziehung stand.

Wenn man sich in lange, verworrene und von Gefahren erfüllte Träume verloren hat, kommt es vor, daß man zu sterben träumt. Im Augenblick, in dem das geschieht, schneidet sich die Katastrophe mit einem Geräusche der äußeren Welt, etwa dem Rasseln eines Weckers, der auf dem Nachttisch steht. Wie wunderbar ist es nun, wenn man erwacht und sich bewußt wird, daß, während man in ein unendliches Dickicht von fremden Räumen und Zeiten verschlagen war, man sich doch immer in seinem Zimmer befand, so daß man zugleich in Gefahr und im Bannkreis einer höheren Sicherheit war.

Unerhörte Entdeckungen sind in »Tausendundeiner Nacht« zu machen; einer plastischen Phantasie sind hier Fischzüge gelungen, deren sich die beste Metaphysik nicht zu schämen brauchte. Es fiel mir darin eine Erzählung auf, in der ein Zauberer einen Sultan bei Tisch in einen Wasserkessel treten läßt. Unter dem Banne der Magie scheint sich diesem der Kessel unermeßlich auszudehnen und zu einem Meere anzuschwellen, in das er versinkt, um lange Zeit auf seinem Grunde entlangzuwandern, bis er an einer fremden Küste ans Land geworfen wird. Dort nehmen ihn die Einwohner einer Stadt als Schiffbrüchigen auf. Er beginnt Handel zu treiben, erwirbt Vermögen, verheiratet sich, zeugt Kinder und wird endlich in ein Gerichtsverfahren verstrickt, um zum Tode verurteilt zu werden. Er wird gehängt, und wie ihn der Henker in die Höhe zieht, sieht er sich langsam aus ebendemselben Kessel herausgezogen, in den er vor Jahren getreten war. Es ist aber während dieser Geschehnisse kaum eine Sekunde verstrichen, und die Tischgenossen sitzen noch in der gleichen Haltung da.

Wir leben in einer Zeit, in der man es nur sehr schwer begreiflich machen kann, daß der individuelle Raum nicht der entscheidende ist. Ich sprach einmal, was man vermeiden sollte, mit einem Arzt über diese Dinge, der tödliche Geisteskrankheiten, bei denen sich das langsame Abbröckeln, die völlige Zerstörung der seelischen Kräfte, am lebendigen Körper beobachten läßt, als Gegenargument anführte, Krankheiten, bei denen der Geist »einem von Flintenschüssen durchsiebten Uhrwerk« gleicht.

Welcher Unterschied liegt denn darin, ob sich ein Glas Wasser langsam ausschüttet oder schnell?

Einer der erstaunlichsten Augenblicke des Lebens ist es, in dem uns das Leben selbst überrascht — in dem das Tier auf der Bildfläche erscheint. Er ist es, der die Jagd und die weite Fahrt zu den höchsten Genüssen zählen läßt.

In Stunden, während deren wir im Dickicht auf Anstand sitzen, macht uns zuweilen ein Anblick betroffen, gleichermaßen fremd wie vertraut, in dem sich die tiefe Kluft verrät, die zwischen den Trägern des Lebens besteht, und doch zugleich die Brücke, die darüber geschlagen ist. Es ist, als falte sich aus dem Menschen in seiner Stille eine Idee heraus, die nun auf geheimnisvollen Lichtungen, gehörnt und gefiedert, spielend, flatternd und jagend, ihr Wesen zu treiben beginnt. Und jede Bewegung, die sich dort vollzieht und die wie eine verbotene Enthüllung den Atem erregt, ruft eine Empfindung des Nie-Gesehenen hervor, die sich dennoch streng auf der Linie des unbedingt Notwendigen hält, als ob auch sie einem Urbild entspräche, das sich unveränderlich im Herzen bewahrt. Es ist das Leben selbst, das sich hier vorführt in geheimen Charakteren, in einsamen Tänzen und schweigender Musik — dies eine Mal und nimmermehr, und doch ein und für allemal. So hat auch der Schuß des Jägers, der dieses Spiel zerreißt, seinen Sinn, denn nur was wir dem Tode anvertrauen, erhält sich in seiner unvergänglichen Essenz.

In solchen Augenblicken geschieht es, daß der Mensch sich tiefer besinnt und sich im Tiere sein Gleichnis setzt. Alle diese Symbole des Geistes und der Kraft, die wir auf alten Wappenschildern schauen, setzen einen magischen Blick voraus, einen Augenblick des Einverständnisses, den das Leben mit sich wechselte. Dies ist die köstlichste Beute des Jägers, die Beute am Wesen selbst, und so einfach sie scheint, so gleicht sie doch einer Namengebung im Bereiche der Sprache, einem jener Worte für lange bekannte Dinge, das einmal ins Schwarze trifft und dort für immer haften bleibt. Dies kann nur geschehen, wenn nicht der Sprechende allein, sondern wenn in ihm auch das Ding sich ausgesprochen hat.

Jede Sprache ist ein Abenteuerbuch, in dem sich die Geschichte unerhörter Fischzüge und Beutefahrten niedergeschlagen hat. Jedes Wort ist eine Trophäe, wie die Philologie eine feinere Art der Kriegsgeschichte ist.

Der Augenblick, in dem das Tier auf der Bildfläche erscheint, ist auch der entscheidende, in dem man den Menschen freundlich oder feindlich erkennt. Es gibt ganz unvergleichliche Stunden, in denen der Mensch die Vorsicht vergißt, nachdem er wie ein austretendes Wild geäugt und gewittert hat, und in denen er sein Wesen wie ein Instrument mit einigen zaghaften Griffen in Stimmung bringt, um plötzlich zu singen und zu schwingen, wie es Gott gefällt. Daher liebt man es, Bekanntschaften beim Weine zu schließen, weil hier das Herz leichter seine Gehege verläßt. Dies ist es auch, was wir vom Schauspieler erwarten; er soll uns das Leben vorführen, gleichsam als ob es unbeobachtet wäre, als ob es auf freier Wildbahn an uns vorüberzöge. Je mehr der Vorgang auf der Bühne den Eindruck einer eigenen, unabhängigen Gesetzmäßigkeit, den Eindruck eines Organismus erweckt, desto inniger die Illusion. Daher trifft auch ein Monolog um so stärker, je weniger er an das Publikum gerichtet ist.

Was ließe sich hier nicht alles über die Bücher sagen, die unsere verschwiegensten Freunde sind. Das höchste Glück, das sie uns gewähren können, ist, daß sie uns der Eigenart begegnen lassen, die sich ohne Absicht bewegt. So besteht auch einer der schönsten Momente, die sie bieten, in der freudigen Überraschung, die uns zusammenfahren läßt, wenn wir jenes Rascheln vernehmen, das die Nähe eines verborgenen Lebens verkündet, und wenn wir im Unterholz der Worte auf den Geist stoßen, der in seiner natürlichen Landschaft sein Spiel zu treiben beginnt, das uns bald mit einem Gefühl hoher Notwendigkeit erfüllt. »Ich werde die Gedanken unter meiner Feder in derselben Reihenfolge hervorgehen lassen, wie die Dinge sich mir bieten, weil sie so am besten die Bewegungen und den Marsch meines Geistes veranschaulichen werden«, sagt Diderot in seinem Vorwort zu »Jacques le Fataliste«; und so konnte Goethe wohl in sein Tagebuch schreiben, daß er diesen Roman »auf einmal, als wärs ein Glas Wasser, und doch mit unbeschreiblicher Wollust« verschlungen hätte.

Ich wüßte keinen Eingang, der mich so ergriffen hätte wie der des »Abenteuerlichen Simplizissimus«. Wie hier der Krieg auf stampfenden Hufen mit Mord und Brand in das entlegene Spessarttal bricht, wie dieser Vorgang sich unauslöschlich in einem eben erst erwachten, so naiven und kindlichen, in einem so deutschen Gemüte vollzieht und von ihm vollzogen wird, wie das Schreckliche hinter der Maske des Gelächters erscheint, so daß der Zuschauer versteinert und mit weit geöffneten Augen seinen Ablauf verfolgt: das macht die Bewegung und den innersten, in sich begründeten Sinn einer ganzen Zeit in einem Maße lebendig, das kein Studium erbringen könnte — mit wenigen Strichen, wie ja auch die Kunst, die ein Tier wirklich erfaßt, sich weniger Striche bedient. Auch muß ich mich hier an Rabelais erinnern, dessen Humor wie ein Schauer von Erdklumpen trifft, die ein wütender Eber mit Gras und Wurzeln dem Boden entreißt.

Alles dies facht, denke ich, eine Sehnsucht in uns an, eine noble Passion, die der des Jägers und des Abenteurers gleicht. Wie verständlich sind jene Priester Montezumas, die Tag für Tag über ihre Opferblöcke von Obsidian das Herzblut der Menschen, das »Edelsteinwasser« springen ließen. Sie hoben den zuckenden Muskel, den sie mit steinernen Messern dem Dunkel der Brust entrissen hatten, unter Musik und dem Blitzen goldener Idole empor, gleichsam um dem höchsten Wesen zu zeigen, daß das anvertraute Erbteil, die große Kraft, noch nicht ausgestorben sei.

Dies ist es doch eigentlich, was auch wir sehen wollen an Menschen und Dingen, wenn sie wert sein sollen, daß wir uns mit ihnen beschäftigen; und es ist unsere innerste Lust, die an ihnen im Sinne jener Priester verfährt. Selbst das Entfernteste und Verflossenste läßt uns nicht zur Ruhe kommen, und unsere Teleskope, die gegen die Fixsterne gerichtet sind, unsere Netze, die sich in die Tiefsee senken, die Hacken, die den Schutt abräumen, der über verschollenen Städten, Theatern und Tempeln liegt, sie alle werden durch die Frage bewegt, ob denn auch dort und damals der innerste Kern des Lebens, der essence divine zu spüren ist, die auch uns bewohnt. Und aus je seltsameren und rätselhafteren Räumen, und sei es als ein mattestes Echo über Jahrtausende und eisige Zonen hinweg, uns die Antwort entgegenklingt, desto inniger werden wir durch sie beglückt.

Welch herrlichen Tag verlebte ich damals, kurz nachdem ich die Zugspitze zum letzten Male bestiegen hatte, ehe sie die Technik für immer unbesteiglich machte. Es war spät im September, die Kirschbäume an den Landstraßen trugen schon ihr leuchtendes, weinrotes Herbstlaub, und die Ulmen waren mit goldenen Büscheln durchschossen. Ich war in ein großes bayrisches Waldrevier eingedrungen, um auf Jagd zu gehen, auf die einzige Jagd, die in Deutschland Reiz besitzt, weil jeder Zug eine neue, noch nie gesehene Beute bringen kann. Es regnete, und der Boden gab die Feuchtigkeit als einen dichten Dunst zurück, der zwischen den Baumkronen schwamm.

Vor einem mächtigen Buchenstamme, den vielleicht vor Jahren die Holzfahrer vergessen hatten, machte ich halt. Seine aufgesprungene Borke war dicht mit Moos und weißgrauen Flechten überzogen, und aus seinen verwitterten Schnittflächen streckten sich flache Schwämme wie rote, giftige Zungen hervor. Die wie von Schrotschüssen durchlöcherte Rinde verriet, daß unter ihr an geheimen Bewohnern kein Mangel war. Ich suchte also mit erwartungsfreudiger Umständlichkeit die Rindenaxt mit der breiten, meißelförmigen Klinge aus dem Rucksack hervor, das Mulmsieb, Glasröhren und die Pinzette aus Uhrfederstahl, mit der man die feinen, flüchtigen Wesen ergreift, die so leicht zu zerdrücken sind. Vielleicht würde ich hier dem Cucujus begegnen, jenem scharlachroten, seidenglänzenden Einsiedler, den zu erbeuten schon früh ein Ziel meiner Wünsche war. Gar oft war er mir im Traume erschienen, herrlich leuchtend und ganz greifbar — doch dies kann nur der Sammler verstehen.

Doch nicht der rote Cucujus sollte mir in dieser Einsamkeit zur Beute fallen, sondern ein Augenblick, der freilich in seiner Art ganz unvergeßlich war. Bereits beim ersten Schlage sprang mir ein Holzsplitterchen in die linke Hand, das ich in ihrer hohlen Fläche liegen ließ, um es zu betrachten, wie wir zuweilen gedankenlos auf ein Stückchen Substanz zu starren pflegen. Es schien schon recht morsch, und der Schimmel hatte seine gelblichen Fäden vielfach hindurchgeschnürt. Aber wie erstaunte ich, als dieses Krümelchen plötzlich mit zwei zierlichen Fühlern zu spielen begann, als es sechs feine Beinchen von sich streckte und sich in einen kleinen Gesellen verwandelte, der einen schwarzen, mit weißgelben Silberschuppen tauschierten Panzerrock trug.

Freilich ist solch ein Wesen nicht so groß wie ein Elefant, aber wenn es sich so vorstellt, in einem sehr empfänglichen Augenblick und gleichsam aus dem Nichts heraus, werden wir durch eine vollkommene Idee des Lebens beglückt. In solchen Erscheinungen liegt ein großer Triumph; das Tier stimmt heiter, und oft werden wir auf Leute stoßen, die bei seinem überraschenden Anblick ein Gelächter überfällt. So ging es damals auch mir.

Übrigens sind die Insekten wirklich erstaunliche Wesen, die, wenn man sie sich vergrößert denkt, jeden Saurier an Seltsamkeit weit übertreffen würden. Auch wäre es eine gute Aufgabe, das Leben dieser Tiere, zu dessen intimer Kenntnis in letzter Zeit der Franzose Fabre viel beigetragen hat, einmal mit dichterischen Mitteln zu schildern. Dies müßte in der Art geschehen, die der modernen Wissenschaft durchaus zuwider ist, nämlich als ob es von verwandelten Menschen gelebt würde — über welche Stellungnahme sich ja auch die Wissenschaft keineswegs erhebt, was durch einiges Nachdenken leicht beizubringen ist. Nur spiegelt sich hier im Tiere eine rationalistische Grundhaltung, also ein sehr unvollkommenes Sein in einem Wesen voll Harmonie und magischer Natur. Ein Deutscher, Albrecht Erich Günther, hat zu diesem Thema in seinem Buche »Totem« vorzügliche Bemerkungen gemacht.

Betrachte das Tier, als ob es ein Mensch wäre, und den Menschen als ein besonderes Tier. Betrachte das Leben als einen Traum unter tausend Träumen und jeden Traum als einen besonderen Aufschluß der Wirklichkeit. Dies alles vermagst du, wenn du über den magischen Schlüssel verfügst. Denn das eigentliche Leben breitet sich unter diesen seinen Formen aus, in die es sich zersplittert, um sich seiner selbst im Vielfältigen bewußt zu werden, und in denen es sich verschlingt, um sich an sich selbst zu sättigen. Der Tag zehrt an den Schätzen der Nacht, die ihn wiederum in ihrem dunklen Rachen empfängt. Der Mensch ernährt sich vom Tier, bis er ihm endlich selbst zur Beute anheimgegeben wird. Jede Ordnung trägt schon die Träume im Schoß, in denen ihr Untergang beschlossen liegt, und jeder Traum schießt in kristallische Ordnungen aus. Die Bilder sind tiefer als ihr Abglanz, der zwischen silbernen und stählernen Spiegeln hin und zurück geworfen wird. Dies mußt du wissen, weil ein gewaltiger Angriff der Wirklichkeit gegen die Realität, des Lebens gegen seine Formen, in Vorbereitung ist.

Daher kommt es, daß diese Zeit eine Tugend vor allen anderen verlangt: die der *Entschiedenheit*. Es kommt darauf an, wollen und glauben zu können, ganz abgesehen von den Inhalten, die sich dieses Wollen und Glauben gibt. *So* finden sich heute die Gemeinschaften; die Extreme berühren sich heftiger als sonst. Um nun der großen Gefahr zu entgehen, das Leben mit einer seiner Formen zu verwechseln, einer Verwechslung, die heute viele tüchtige Kerle in unhaltbare Stellungen drängt, ist es ein gutes Mittel, diese Formen gegeneinander auszuspielen und auszutauschen und gleichsam in keiner Haut und bei keiner Partei zu warm zu werden, weil so der Blickpunkt am sichersten auf die Zone der tieferen Fruchtbarkeit gerichtet wird und weil man so am wenigsten zu verteidigen hat und zugleich am schärfsten angreifen kann. Dies ist, um offen zu sein, ein ausgesuchtes Mittel der

Zerstörung, denn so wird jeder Kraft ihre Hülse heruntergerissen und jeder Anspruch angezweifelt, der sich auf eine Erscheinung und nicht unmittelbar auf eine Gewalt beruft. Aber alles, was heute um Fahnen und Zeichen, um Gesetze und Dogmen, um Ordnungen und Systeme im Kampfe liegt, treibt Spiegelfechterei. Schon dein Abscheu gegen diese Zänkereien unserer Väter mit unseren Großvätern und gegen jede mögliche Art ihrer Lösung verrät, daß es nicht Antworten, sondern schärfere Fragestellungen, nicht Fahnen, sondern Kämpfer, nicht Ordnungen, sondern Aufstände, nicht Systeme, sondern Menschen sind, deren du bedürftig bist.

So ein alter Baumstamm, den mitten in der Einsamkeit großer Wälder unter seiner ruhenden Erscheinung ein geschäftiges Leben zu Pulver zerreibt und den das Ticken der Totenuhren, die in ebendemselben Sinne auch Lebensuhren sind, rastlos durchrieselt, bis er eines Tages in sich zusammenstürzt, bietet von unserem Treiben ein gutes Bild. Es ist ein dunkles Weben und Pochen, in dem wir beisammen sind, und selbst in unseren schrecklichsten Feindschaften liegt noch eine tiefe Brüderlichkeit.

Zuweilen wird sich vielleicht jeder dieses geheimeren Sinnes bewußt, etwa wenn er in einem Zuge sitzt, der die Nacht durchrollt. Denn die Kehrseite des modernen Lebens tritt am schärfsten hervor, wenn seine Träger in Ruhe sind, und dies ist, abgesehen vom Schlafe, besonders in unseren Verkehrsmitteln der Fall. Daher besitzt auch eine Großstadt bei tiefer Nacht ebenso wie eine Fahrt zwischen regungslosen, gleichsam erstarrten Menschen etwas sehr Bedrückendes. Es ist eine große Kälte, ein finsterer Wald, der das Leben umgibt, das sich hier im engen Raume eingeschachtelt hat und das sich so bald ins Nichts zerstreut, so daß vielleicht schon in fünfzig Jahren von all diesen Weggenossen des Zufalls selbst die Erinnerung versunken sein mag. Da ist es tröstlich, in ein wärmeres Gehäuse einzudringen, in dem wir, unabhängiger von den Geschäften des Tages, beisammen sind.

Wer hätte noch nicht in einem jener großen, von blitzenden Lichtern erfüllten Säle gesessen, in denen man trinkt und lacht und in denen zwei Kapellen am Werke sind, damit die Bewegung der Musik keinen Augenblick unterbrochen wird. Ach, wir lieben es nicht, wenn das Leben den Taktstock fallen läßt. Aber nur einen Augenblick müssen wir rasten, um des wilden Aufschreis im Circus maximus zu gedenken, der erscholl, während man den getroffenen Fechter ins Spoliarium trug, oder jener unbekanntesten Gemeinschaft, die in einer der versunkenen Magierstädte des Fernen Ostens versammelt war. Leben wir denn nicht in Fernen, die ebenso sonderbar und unseres höchsten Erstaunens würdig sind? Drängt nicht auch in uns das ewige Tier mit Ungestüm aus dem Dickicht heraus?

Es ist eine innigere und unbarmherzigere, eine tragische Liebe, deren wir bedürftig sind. Selbst im tödlichsten Haß liegt noch eine tiefere Liebe, eine stärkere Erfüllung unserer Verantwortung, als in einer mechanischen Geschäftigkeit. Mit Freude nehme ich wahr, wie die Städte sich mit Bewaffneten zu füllen beginnen und wie selbst das ödeste System, die langweiligste Haltung auf kriegerische Vertretung nicht mehr verzichten kann.

Berlin

Erneute — vielleicht letzte — Lektüre Stendhals. Ich muß heute zugeben, daß dieses Feuer, das mich so entzückte und das ich auch jetzt noch schätze, stark auf Eis gehalten ist, wie überhaupt die französische Romantik sich zu der deutschen verhält wie ein Glas Sekt zu einem Trunke aus einer Waldquelle.

Stendhal behauptet, daß das ganze übrige Europa nicht imstande sei, ein einziges der guten gallischen Bücher hervorzubringen. Dies ist richtig; wir können es beurteilen, da wir vorzügliche Übersetzungen besitzen; auch geht das schon aus dem kläglichen Scheitern der unzähligen Versuche hervor, den französischen Gesellschaftsroman bei uns fortzuführen. Dagegen läßt sich sagen, daß das ganze übrige Europa nicht nur außerstande ist, eines der guten deutschen Bücher hervorzubringen, sondern auch, ihnen überhaupt nur näherzutreten.

»Aimer c'est avoir du plaisir à voir, toucher, sentir par tous les sens et d'aussi près que possible, un objet aimable et qui nous aime« (»De l'Amour«). Dies könnte in einer preußischen Dienstvorschrift über den Kampf um Festungen stehen — ich kann das beurteilen, da ich selbst in der Kommission zur Aufstellung der neuen Reglements mir vielleicht schon für den nächsten Krieg meine bescheidenen Verdienste erworben habe. Es wird sich übrigens kaum lohnen, diesen Krieg zu gewinnen, wenn wir bis dahin nicht, um einen literarischen Vergleich zu setzen, gelernt haben sollten, den ganzen Stendhal für ein einziges Hölderlinsches Gedicht, für eine einzige »Hymne an die Nacht«, für einen einzigen Absatz der kabbalistischen Prosa Hamanns dranzugeben.

Der Aspekt jener Materialschlachten, der mir damals so wunderlich schien, dieser glühende Horizont, der die feindlichen Fronten scheinbar lückenlos zusammenschweißte, kommt mir nun immer sinnvoller vor. Es war ein zerstörerischer Krieg, ein konzentrisches Wüten gegen einen geheimen Mittelpunkt, ein Ereignis auf der westlichen Oberfläche. Wir haben stramm nihilistisch einige Jahre mit Dynamit gearbeitet und, auf das unscheinbarste Feigenblatt einer eigentlichen Fragestellung verzichtend, das 19. Jahrhundert — uns selbst — in Grund und Boden geschossen; nur ganz am Ende deuteten sich dunkel Mittel und Männer des 20. an. Wir haben Europa den Krieg erklärt — als gute Europäer mit den anderen einträchtig um eine Roulette geschart, die nur eine einzige Farbe besaß — die des zéro, das die Bank unter allen Umständen gewinnen läßt. Wir Deutschen haben Europa keine Chance gegeben zu verlieren. Da wir aber keine Chance zu verlieren gaben, so gaben wir im wesentlichen Sinne auch nichts zu gewinnen; wir spielten gegen die Bank mit ihrer eigenen Substanz. Daher als Resultat die gleichzeitige Inflation und Auszehrung des Europäischen, das nunmehr sich wie eine farblose, dünne Eihaut dehnt, die bereits der Blutatem seltsamer Früchte spannt. Wildes Vergnügen bei der Entdeckung, daß unser Einsatz nur aus Rechenpfennigen bestand, daß die wichtigsten Reserven noch gar nicht mobilisiert, nicht im Treffen waren, daß die Stollen zur entscheidenden Schicht noch nicht getrieben sind. Wir waren kaum bis an die Zähne gerüstet, geschweige denn bis ins innerste Herz, ins innerste Mark. Wir hatten unsere Ursprache noch gar nicht sprechen gelernt — um dies zu können, müßten wir zunächst bei uns selbst in die Schule gehen. Daher waren wir genötigt, der Diskussion einen hypothetischen, flacheren Schwerpunkt zu geben. So sind die Schlüsse noch nicht bindend, nicht notwendig, vielmehr flottierend und von einer Gültigkeit, wie sie auf schwimmenden Inseln herrschen mag. Einen *hypothetischen* Schwerpunkt: insofern Europa eine Arbeitshypothese, in deren Räumen es mit Anstand zu antichambrieren, zu überwintern, sich zu verpuppen gilt. Noch für unsere Generation besteht die Notwendigkeit, sie ernst zu nehmen oder einmal ernst genommen zu haben; hier ist heute noch einer der Zugänge zur deutschen Wirklichkeit, aber auch nicht mehr; eine vorletzte Nußschale, die geknackt werden muß. Das Europäische als große Mode, wie der Voltairismus Friedrichs II. — wobei allerdings zu berücksichtigen, daß es »viel weniger bloße Mode gibt, als der oberflächliche Zuschauer ahnt« (Weininger). Wir müssen Europa nicht als Kategorie, sondern als deutschen Spezialfall sehen lernen. Endlich: daß die Juden außer uns die einzigen verdächtigen Europäer sind — freilich mit einer ganz anderen Nachtseite, mit anderen Träumen im Hintergrund; aber beachtlich auf der Tagseite, dort, wo die Symbole Verkehrswert besitzen (Geld, Presse, der trockene Imperialismus des Völkerbundes, auch Europa ein Verkehrsmittel; die gefährlichen Bankiers und mystischen Wucherer Balzacs: deutsche Juden).

Von außen gesehen: Man traut uns nicht. Man hegt den Verdacht geheimer Waffenübungen und stählender Manöver zwischen Truppen, die nur durch bunte Armbinden unterschieden sind. Diese Aufmärsche der Humanität in Gruppenkolonne, diese kleinen Zeitungsschreiber und schlechten Romanciers, die trotz allem beim Erz-Boche Nietzsche in die Schule gegangen sind, dies alles, weniger das Was als das Wie, deutet auf eine innere Sekretion des Militärischen hin. Man spürt keine gute Witterung – einen foetor germanicus, in dem der Hauch künftiger, chaotischer Schlachtfelder zu schlummern scheint. Daher auch die konsequenten Versuche der Humanität, in jedem Buschmann eher den Menschen anzuerkennen als in uns, daher auch (insofern wir Europäer sind) unsere immer wieder durchbrechende Scheu vor uns selbst. Vorzüglich, und nur kein Mitleid mit uns! Dies ist eine Position, aus der sich arbeiten läßt. Dieses Maßnehmen an dem geheimen, zu Paris aufbewahrten Urmeter der Zivilisation – das bedeutet für uns, den verlorenen Krieg zu Ende zu verlieren, bedeutet die konsequente Durchführung eines nihilistischen Aktes bis zu seinem notwendigen Punkt. Wir marschieren seit langem einem magischen Nullpunkt zu, über den nur der hinwegkommen wird, der über andere, unsichtbarere Kraftquellen verfügt.

An das, was übrigbleibt, da es am Europäischen nicht gemessen werden kann, sondern selbst Maßgebendes ist, ist *unsere* Hoffnung geknüpft.

Berlin

Strandgang mit Inselbewohnern an einer verlassenen Küste. Wir entdecken im Körper eines ungeheuren, vom Meere ausgeworfenen Fisches einen Toten, den wir nackt wie einen Neugeborenen aus bräunlichen Fleischmassen ziehen. Ein Mann in blauer Schifferjacke bittet mich um Schweigen und größte Vorsicht: »Dies ist ein böser Fund. Wissen Sie denn nicht, daß es einer seiner schrecklichsten und letzten Schachzüge ist, sich als Leichnam zu verkleiden und antreiben zu lassen?« Plötzliches Angstgefühl, während der Strand chaotisch und düster wird. Eiliger Rückmarsch durch einen Eichenwald, an einem strohgedeckten Gehöft vorbei, in dem die

Alte wohnt. Wir kommen nicht unbemerkt vorüber, denn ihre gezähmten Sperber begleiten uns flatternd im Gebüsch. Sehr geheimnisvoller Zusammenhang, der zwischen den Sperbern und dem Toten besteht. Als wir uns am Waldrande noch einmal flüchtig umwenden, werden wir durch eine Schlachtszene erschreckt, die auf dem Hofe spielt. Vor einem offenen Scheunentor haben Knechte den Körper eines kräftigen Mannes mit den Beinen nach oben ans Spannholz gehängt; das Fleisch ist unangenehm weiß, bereits gebrüht und rasiert. In einem dampfenden Trog schwimmt der Kopf, dessen Anblick ein großer schwarzer Vollbart noch beängstigender macht. Der Bart bringt etwas sehr Tierisches hinein; er weckt in mir ungefähr das Gefühl: Dies muß aber ein richtiges, anstrengendes Schlachten gewesen sein, so eins, bei dem an Schnaps nicht gespart werden darf.

Es schließt sich eine schreckliche Verfolgung durch die Alte an, bei der wir uns in Winkelzügen bewegen, während sie uns auf dem kürzesten Wege zu Leibe rückt. Der geheime Mechanismus dieser komplizierten und aufregenden Bewegungen scheint im Kampfe des Guten, zu dem wir unsere Zuflucht nehmen, gegen das Böse zu liegen. Da wir jedoch nicht von Grund auf gut, die Alte dagegen vollkommen böse ist, so müssen wir unterliegen. Dieser magische Zwang drückt sich im dauernden Raumgewinn der Alten aus. Das wachsende Angstgefühl wäscht die Bilder endlich völlig aus dem Gewebe heraus.

H ... und Berlin

Am Nachmittag war ich beim Maskenschnitzer. Er saß grübelnd in seinen Sessel gekauert, den verwitterten Jägerhut mit der Entenfeder, den er zum Schutz gegen die Geister trägt, auf dem Kopf, während sich sein treuer Kater an seine Brust schmiegte und sein Fell an dem langen weißen Bart seines Meisters rieb.

Es ist sonderbar, daß ich diesen Mann gerade damals kennenlernte, als ich mich kurz nach dem Kriege — um mich abzulenken, wie ich mir einbildete — mit der Geschichte des Hexenprozesses zu beschäftigen begann. Mit Erstaunen mußte ich feststellen, daß er, der in seinem ganzen Leben nur Indianergeschichten schätzte und las, mit großer Selbstverständlichkeit Dinge streifte, die eigentlich eine sehr eingehende Bekanntschaft mit den Gebilden einer versunkenen dämonischen Vorstellungswelt voraussetzen — etwa daß der »digitus tertius, digitus diaboli« zwiegespalten sei. — — —

Der Maskenschnitzer im Jahre 1903. Ein rührendes und furchtbares Bild. Von einer unerträglichen Angst gepackt, ist er in den einsamen Wald gelaufen. Der Wind knarrt in den Bäumen, alle Zweige haben menschliche Stimmen angenommen, der ganze Wald ist dämonisch belebt. Boshafte Zurufe hetzen den Erschöpften durch das Gestrüpp. Dann ertönt eine Donnerstimme: »De Hunde raupet nah deck!« Die Hunde rufen nach dir! Die Meute sitzt ihm auf den Fersen. Er hat den Gedanken, ihr etwas zuzuwerfen, um sie aufzuhalten. Er läßt seinen Hut fallen. Er zieht Mantel und Stiefel aus. Er schleudert den Verfolgern ein Kleidungsstück nach dem anderen zu. Endlich rast er nackt, brüllend durch den höllischen Trubel, der ihn umkreist. Er tritt mit den bloßen Füßen in spitzes Gestein, Brombeerranken schlagen sich in seine Hüften, die dünnen Eiskrusten der Gräben und Tümpel schneiden ihm die Schenkel entzwei. Er bricht in einem Gebüsch zusammen und liegt lange, ehe er von Holzarbeitern gefunden wird. Man schafft ihn in ein Lazarett und nimmt ihm eine Zehe ab. — — —

Eine donnernde Stimme, ganz von Ingrimm geladen: »De Hunde raupet nah deck!«

Es gibt eigentlich nichts Einleuchtenderes als den Ausspruch des Maskenschnitzers, daß jeder Mensch seinen eigenen Teufel besitzt oder, wenn man sich der Sprache der Schönredner, die präzise Angaben scheuen, bedienen will, daß jeder Mensch mit seinem Wesen in eine ganz bestimmte Schicht des Bösen stößt. Freilich haben die Teufel im Lauf der Zeit sehr an Interesse verloren, sie sind von Kräften gekommen, denn auch ihnen gilt mit Gautier »la barbarie mieux que la platitude«. Kaum hatte sie nach den immer strengeren Eiszeiten des Protestantismus, des Rationalismus und der Aufklärung die Romantik wieder etwas aufgetaut, als die Heraufkunft der Demokratie sie nur noch als die Schatten ihrer selbst umherschleichen ließ. Sie sind Feinschmecker der Werte — da ihre Speise die Seele ist, sind sie auf Hierarchie angewiesen; und so geht es ihnen heute schlecht, wie jedem, dem nur die Produkte der modernen Garküchen zur Verfügung stehen. Behauptet man also, daß jeder Mensch seinen Teufel besitzt, so ist die Voraussetzung, daß der wirkliche Mensch und nicht etwa der Bürger in Frage steht, dessen eigentliches Wesen gerade dadurch ausgedrückt werden kann, daß ihm jedes Verhältnis zum Bösen fehlt.

Man kommt jedoch in Verlegenheit, wenn man einen Teufel beschreiben soll, denn es gibt Dinge, die man zwar sehr deutlich sieht, von denen sich trotzdem wenig sagen läßt. Ich möchte es dennoch versuchen; einem Studium der Räusche, dem ich dieselbe erste, furchtbare Zeit nach dem Kriege widmete, verdanke ich manche Anschauungsmöglichkeit. Ich glaube, dem damals in Deutschland allgemeinen und tiefbegründeten Bedürfnis, aus der Realität in die siedenden Kessel des Rausches zu stürzen, mit einer gewissen Systematik nachgekommen zu sein.

Zu streifen wäre hier die Tatsache, daß der Import der Rauschmittel etwas sehr Geheimnisvolles besitzt. Wie der körperliche Leib sich innerhalb der Kultur vor der Notwendigkeit sieht, fremde Kornkammern zu erschließen, so strebt der geistige nach dem Genuß der mannigfachen beruhigenden und erregenden Essenzen, die eine heißere Sonne in den Pflanzen ferner Landschaften speicherte. Die Pflanzen selbst gehören ja zu den schweigendsten, geheimnisvollsten Erscheinungen der Welt — sie, auf deren Existenz alles Leben sich stützt, sind gleichsam das Urbild des Lebens überhaupt. Sie entwachsen unmittelbarer der schöpferischen Kraft, und so ist es kein Wunder, daß auch das Böse besonders innig in ihre Säfte übergeht. Viele von ihnen schließen ein Stück paradiesischen Urwaldes ein. Die Sucht nach dem Rausche ist das Bestreben, sich zeitweilig dem Bösen zu vermählen, um ihm Kräfte für die Entfaltung, für die größere Ausspannung und Distanz des geistigen Lebens zu entziehen; und die Pflanze spielt die Rolle der Vermittlerin. Im Genusse des Apfels, den die Ophiten verehren, vollzieht sich der erste Sündenfall, der erste Schritt zu einer tieferen Erkenntnis der Welt; und so ist es nur logisch, daß man in dem für Menschen von Kultur unbewohnbarsten Lande der Welt, in Nordamerika, den Genuß des Weines verboten hat und auch den des Tabaks verbieten möchte. Wo Zufriedenheit und Nützlichkeit regieren, wo Geld die beste Gabe Gottes ist und wo man es auch vollauf hat, da ist es freilich ein Verbrechen, die Stimme der Dämonen zu beschwören, die den rechten Weg verwirrt, der durch die großen Weizenfelder führt. Da spielt ein Mann wie E. A. Poe die Rolle eines recht üblen Subjekts.

Aber dort, wo man unzufrieden, wo man in *Gefahr* ist, da kann man sich nicht mehr darauf beschränken, um die berühmte Fingerbreite vom rechten Wege abzuweichen, sondern man kehrt ihm völlig den Rücken, um auf den Schleichpfaden des Lebens voranzugehen. In Zeiten der Krankheit, der Niederlage werden die Gifte zum Medikament, und wenn man nicht zu einer der Quacksalbersekten gehört, die das Land mit unerträglichem Geschrei erfüllen, kann man diesem Prozeß nur mit einem Gefühl der Bewunderung gegenüberstehen. Die Not macht das Leben tief, sie ist die Mutter des Notwendigen, und es gehört zu den erstaunlichsten Augenblicken, wie, wenn sich ihr Damm vor einem Leben aufwirft, alle Wässerchen an die Arbeit gehen, damit er überklettert werden kann. Wenn das Leben ins Gefecht tritt, entfaltet es aus seiner Einheit Reserven wunderbarer Art; und wo es vor seinen Hemmungen steht, beginnt es, an tausend Pünktchen zu glühen — es setzt sich unter Temperatur, um zu intensiverer Arbeit fähig zu sein. Wenn man in solche Manöver hineingezogen wird, muß man auch dankbar sein, indem man die Normalmaße zu Hause läßt.

So hatte ich, nachdem mir das Jahr 1918 einen unauslöschlichen Begriff vom dynamischen Menschen und von den dynamischen Maßen, mit denen man ihn messen muß, vermittelt hatte, in den ersten Jahren nach dem Kriege vollauf Gelegenheit zur Übung, in der neuen Weise zu sehen. Daher halte ich auch sie noch mehr als den Krieg selbst für die entscheidende Zäsur, die zwei Generationen trennt, denn wenn sich auch im Kriege das 19. Jahrhundert an der Flamme des 20. verbrannte, so mußten nun bereits Brennstoffe aufgespürt werden, die ganz und gar der Zeit selbst zugehörten.

Die innere Nervosität, die damals ausbrach, erinnert an ein Bienenvolk, wie man es nach seinem Auszuge in einer zitternden, braungoldenen Traube in höchster Unruhe an irgendeinem zufälligen Stützpunkte harren sehen kann, solange die ausgesandten Kundschafter auf Suche sind. Und wirklich kann man nicht sagen, daß der Geist nicht auf fieberhafter Suche sei. Man hat nicht nur die Ideen aller Zeiten und Länder in das Deutschland der Gegenwart hineinprojiziert, sondern man hat ihnen sogar zum Teil bewaffnete Hilfstruppen gestellt. Die Art der Beweisführung ist schärfer und durchgehender geworden, man beginnt einzusehen, daß Druckerschwärze und Schießpulver adäquate Mittel sind. Ein angeborenes Landsknechtstum hat sich nach innen gewandt und trägt die Konflikte der ganzen Welt im eigenen Hause aus, so wie der Alchimist alle irdischen Stoffe in die Retorte warf, aus der er den Stein zu ziehen hoffte. Es findet eine peinliche Musterung und Mobilisierung der Werte statt, ähnlich wie man in einer belagerten Festung eine Bestandsaufnahme aller Dinge vornimmt, aus denen sich unter Umständen Nahrung ziehen läßt. Die Lektüre etwa des Buchhändler-Börsenblattes besitzt seit einigen Jahren etwas Erschreckendes; und als sich in Bozen ein Individuum in mein Abteil setzte, das sich wie ein fahrender Spielmann des 15. Jahrhunderts zurechtgemacht hatte und das die Vorschriften des Zendawesta als die einzigen pries, nach denen wirklich zu leben sei, da wußte ich, daß wir nun bald an die Grenze kommen mußten.

Diese Geschäftigkeit einer Zeit, in der das Leben seinen Ausweg sucht, in der es flüchtigen Fußes in jede Sackgasse springt, greift mit Notwendigkeit auch in die moralische Welt. Nach großen Umwälzungen stellen die Völker neue Gesetzbücher auf; die Tastwurzeln des Lebens suchen aus dem Verwitterungsboden der Werte, aus einem sich verändernden Gut und Böse neue Nahrung zu ziehen. Mit dieser Erscheinung steht auch das angedeutete Bedürfnis nach Räuschen in engem Zusammenhang; es sind dies Schlüssel zu Blaubarts verbotenen Zimmern, und eine historische Toxikologie zu schreiben, wäre keine undankbare Aufgabe. So muß, um ein Beispiel anzuführen, der unmäßige Gebrauch des heute kaum noch angebauten Safrans in der Renaissance seine ganz bestimmte Bedeutung besitzen. Hierher fällt auch die Geschichte der beiden großen Stimulantien des Blutes und der Musik; das Leben weiß in jedem seiner Augenblicke, welche Lieder es zu singen und welche Sorte Blut es zu vergießen hat. Es wußte dies zur Zeit des Hexenprozesses mit nicht geringerer Schärfe als heute, daher sind solche Erscheinungen nur meßbar mit den Maßen einer dynamischen, nicht aber einer statischen Moral. Der Soldan-Heppe enthält nicht die Geschichte des Hexenprozesses, sondern die Auffassung des 19. Jahrhunderts über den Hexenprozeß. Wir gleichen Seeleuten auf ununterbrochener Fahrt; *werten* heißt, das Besteck aufnehmen; und jedes Buch kann nicht mehr als ein Logbuch sein.

So ist auch das Böse, so sind die Mittel, mit denen man sich ihm nähert, und die Träume, in denen man zu ihm vordringt, veränderlich. Es gibt Arten des Schlafes, wie es Arten einzuschlafen gibt. Ich habe die Erfahrung gemacht, daß ein Erwachen mit jenem sicherlich einem jeden wohlbekannten Gefühl einer absoluten Angst, das Swedenborg der Anwesenheit des Bösen zuschreibt, sich bereits ankündigt durch eine Art des Einschlafens, die einer halben Betäubung ähnlich ist. In dieser sehr wenig angenehmen Stimmungslage gelingt der Versuch aufzuwachen wohl, aber er verändert nicht die Art der Schläfrigkeit, die mich zum ersten Male überfiel, als ich im Kriege in einem sehr entlegenen Unterstand übernachtete. Auch besitzen die Traumbilder, die sich vorstellen, ein verwandtes Gepräge, so daß der Versuch, eine Anschauung ihres Dämons zu gewinnen, seine Berechtigung besitzt. Da es sich um Träume handelt, braucht die Frage der Wirklichkeit gar nicht angeschnitten zu werden. Übrigens besitzt der Mensch auch längere Zeit nach dem Erwachen aus einem solchen Traum ein Maß der Gewißheit, wie es im Tageslicht, etwa während der Beschäftigung mit einem logisch einwandfreien Beweise, ganz unerreichbar ist. Meine persönliche Neigung geht dahin, in der Wirklichkeit eine seelische Qualität zu sehen, einen besonderen Akzent, den das Leben auf die Erscheinungen legt, die ihm von Bedeutung sind. Unsere Zeit bietet fast täglich Gelegenheit, zu beobachten, wie sich dieser Akzent verschiebt und wie es die Logik an nachträglicher Gefälligkeit nicht fehlen läßt, so etwa in der Frage der Hellseherei, die drauf und dran ist, sich den Rang eines forensischen Mittels zu erobern.

Um aber ein Beispiel anzuführen, mit welcher Wucht eine Erscheinung des Traumes sich Anerkennung erzwingt, muß man sich den Eindruck vergegenwärtigen, den man empfängt, wenn plötzlich ein Gegenstand, den man für tot hielt, sich zu beleben beginnt oder, umgekehrt, wenn ein anscheinend Lebendiges sich als tot erweist. Der dämonische Eindruck eines Wachsfigurenkabinetts, dem sich so leicht niemand entzieht, gehört hierher; ebenso die mannigfaltige Welt, die sich um den Begriff der Maske gruppiert. In Gedichten Baudelaires wandelt die Seele lautlos durch eine zu Metall und schwarzem Marmor erstarrte Natur, während bei Hoffmann die Kristalle und Erze in den Schächten der Bergwerke sich magisch beleben oder umgekehrt hinter den Bewegungen des Lebens sich plötzlich die künstliche Mechanik, das spielende Uhrwerk einer Marionette offenbart. In der Maske betten sich Leben und Tod auf wundersame Weise ineinander ein; so kann man eine Sammlung von Masken, wie sie der Japaner zum Nô-Feste verwendet, nur mit Herzklopfen beobachten, und ich stehe nicht an, die dämonische Welt, die sich hier zum Ausdruck bringt, an Wucht jeder anderen für ebenbürtig zu halten.

Der Augenblick, in dem Leben und Tod die Plätze wechseln, besitzt etwas sehr Erschreckendes, und der Mensch schlägt, wenn er seinen Bann überwunden hat, nicht ohne Grund oft ein Gelächter an. Ich erinnere mich hier eines Verkäufers in einem Warenhause, der plötzlich inmitten einer Gruppe von Modepuppen Leben zu gewinnen schien, ich erinnere mich der ersten Toten im Kriege, die ich für schlafende Soldaten hielt. Das Leben ist reich an solchen Andeutungen; die Erscheinungen der Mimikry, jene Schmetterlinge, die welken Blättern gleichen und plötzlich zwei bunte Augen aufklappen, die Heuschrecken, die sich als dürre Zweige maskieren, während ihre gefährlichen Fangarme weit ausgebreitet sind, geben Zeugnis davon. Selbst Steine, von deren magischen Eigenschaften Albertus Magnus in seinem Buche über die Geheimnisse der Steine spricht, können erschrekken; und die weitverbreitete Auffassung des Opals als eines Trägers besonders bösartiger Kräfte erscheint recht einleuchtend, denn kein anderer Stein wacht unter dem Spiele des Lichtes zu einem so katzenhaft beweglichen Leben auf wie er.

Als solchen Augenblick einer stärksten Verwandlung habe ich es auch empfunden, wenn man im Kriege, vielleicht aus einer Rauchwolke heraustretend, in einer scheinbar toten Landschaft den Gegner zum Leben erwachen sah. Und ich hatte das Gefühl, daß eigentlich weniger der Mensch mit seinen feindlichen Absichten das Schreckliche war als die Überraschung, ihn so plötzlich leibhaftig zu sehen. Nichts war so geeignet, die mechanisch taktische Welt des Soldaten mit einem Schlage in die dämonische des Kriegers zu verwandeln wie dies. Nur so, nur durch einen plötzlichen Einsturz des Bewußtseins, kann ich mir auch die furchtbare Angriffslust erklären, die sich selbst von Grund auf vorsichtiger Naturen bemächtigte.

Auf diesen Moment der Erschütterung ziele ich ab bei einer Angelegenheit, die sich eigentlich der Erklärung, der Rechenschaft entzieht. Ihn zu vermeiden, ist das Bestreben des Bewußtseins, ja bewußter Zeiten, wie des 19. Jahrhunderts, überhaupt, das sich gleichsam auf einer künstlichen Straße durch eine unsichere Landschaft bewegt. Dieser Moment, in dem sich zwei Erscheinungen übereinanderschieben und in dem das Unerwartete, das »Andere«, hervortritt, markiert die Eingangspforte zur dämonischen Welt. Er wirkt durch Überraschung, er reißt dem Bewußtsein plötzlich den Boden unter den Füßen weg und ruft ein Gefühl des Absturzes, ein Stocken des Herzschlages hervor. Es stellt sich eine Empfindung der Leere ein, gleichsam eine Interferenzerscheinung der inneren Optik, die die scharfen Merkzeichen des Denkens erblassen läßt. Ein neuer, ungewohnter Raum tut sich auf, in den der Mensch wie durch eine plötzlich in den Boden gerissene Spalte stürzt.

Hier fällt vielleicht ein Licht auf die Aufgabe der schrecklichen Gestalten, die die priesterliche Kunst vielfach an die Eingänge der Kultstätten stellt. Der Anblick des Dämons soll der Seele die Gewänder des Denkens herunterreißen, auf daß sie nackt und zur völligen Hingabe bereit im magischen Raume des Glaubens erscheint, in dem sie durch Musik, splitternde Lichter, schwebende Pfeiler und den Geruch des Opfers empfangen wird.

Dies ist auch der tiefere Grund, aus dem vernichtende Kriege die vorzüglichen Eingangspforten in entscheidende Abschnitte des Seelentumes sind und aus dem bei neuen Entfaltungen des Weltbildes, bei Revolutionen, die brutale Tatsache des fließenden Blutes erschütternder und fruchtbarer als jede geistige Erschütterung ist. Und so, seines Gleichgewichtes beraubt, tritt der Mensch auch durch seltsame Bildpfeiler in das magische Höhlensystem der Räusche und Träume ein, in dem ein neuer Schwerpunkt gültig wird.

In der besonderen Art des Einschlafens — jedes Einschlafen ist übrigens auch ein Erwachen — und des Traumes, von der hier die Rede ist und über die ein jeder mitreden kann, wenn er sich nur scharf besinnt, stellt die Erschütterung nur den ersten Augenblick dar. Der Trinker kennt ihn wohl, es ist der Augenblick, in dem es »so gemütlich« wird, das heißt, in dem ein neuer Glanz aus den Dingen zu brechen beginnt. Es ist dies allerdings eine Gemütlichkeit, die einer gelegentlichen Untersuchung bedarf.

Das Einschlafen findet nicht plötzlich statt, obwohl es einen ganz bestimmten Wendepunkt besitzt. Der Schläfer gleicht einem Menschen, der den Eingang einer Höhle betritt, an deren Wände noch einige Zeit das Tageslicht seine immer blasser werdenden Figuren wirft. Das Bewußtsein durchschreitet einen Zustand der Dämmerung, des Zwielichtes, in dem die Bilder noch einen gewissen Gehalt an Tageslicht besitzen — sie unterstehen immer noch der geschwächten Kontrolle einer bewußten Kritik, die sich langsam verwischt. Erst kürzlich schrak ich noch einmal an einem sehr bezeichnenden Punkte der ersten Wegstrecke auf. Ich hatte das Bild eines Mannes beobachtet, der Freiübungen machte, indem er beide Arme seitlich ausstreckte und wieder senkte. Nach einiger Zeit begannen seine Konturen zu verschmelzen und sich in eine schwarze Flamme zu verwandeln, die in denselben Abständen, aber mit wachsenden Ausschlägen nach der Seite züngelte. Ein letzter Widerstand, ein Gefühl, das die Entwicklung dieses Bildes als bösartig und gefährlich ablehnte, führte das Erwachen herbei.

Dieser Augenblick ist wirklich sehr bezeichnend, denn mit jedem Schritte tiefer in den Schlaf werden die Farben des Tages durch nächtliche Farben ersetzt. Die Nacht besitzt ihren eigenen Glanz, und hat dieser eine genügende Stärke erreicht, so stellt sich die Wirkung der Maske ein. An irgendeiner Stelle faßt man den Fries von Bildern, an dem man gedankenlos entlangschlenderte, schärfer ins Auge und wird durch einen neuen, geheimen Sinn erschreckt, der sich plötzlich offenbart. Nun tritt gleichsam die Komplementärfarbe des Tageslichtes auf der inneren Netzhaut hervor. Man gleicht einem Soldaten, der bemerkt, daß er während eines friedlichen Spazierganges unversehens in die gefährliche Zone geraten ist, die ganz andere Gesetze des Handelns verlangt.

Aber hier bleibt keine Zeit, nachzudenken, denn nun stürzt der Schläfer, von einer seltsamen Erstarrung befallen, fasziniert, wie durch eine Spalte in die Welt des Traumes hinein. Kein Zweifel ist ihm mehr erlaubt an der Fülle der Gestalten, die er in allen Winkeln sich regen und vorbewegen sieht. So merkt man nach einer guten Ouvertüre kaum, wie der Vorhang in die Höhe rollt. Und so gibt es Träume, in denen man durch einen Vorhang nach dem anderen tritt. — — —

Ein solcher Traum war es, in dem mir zum ersten Male eine Gestalt auffiel, die man wohl als einen Teufel bezeichnen könnte, obwohl sie mit dem der Theologen ebenso wie mit dem der Sage wenig Verwandtschaft besaß. Sie zeigte sich spät, aber sehr deutlich und in einer Art und Weise, die verriet, daß sie schon von Anfang an dagewesen war. Äußerlich wäre zu sagen, daß sie weder Haare noch Hörner und Klauen besaß und daß sie durchaus nicht innerhalb der Temperaturen des brennenden Schwefels heimisch war, sondern in einer etwas gesteigerten, schwülen Sonnenwärme wirkte, die an sich recht annehmbar wäre. Sie war, wie gesagt, nicht haarig, sondern von einer dunkel strahlenden Glätte, die an Asphalt erinnerte. Ihr Körper war nackt, wohlproportioniert, ungefähr anderthalb Mannshöhen groß und meist in steinerne Ruhe versunken, die jedoch eine unglaubliche Geschmeidigkeit ahnen ließ.

Was die Wirksamkeit dieser seltsamen Erscheinung, die meine Aufmerksamkeit in höchstem Maße fesselte, betrifft, so schien sie sich in einer absoluten Despotie zu gefallen, die ihr Vergnügen in der völligen Ohnmacht ihrer Opfer fand. Obwohl von Humor bei ihr nicht im mindesten die Rede sein konnte, so schien ihr Behagen doch in einer Art von Witz zu liegen, dessen Pointe darin bestand, die Hoffnung zu erwekken, daß es möglich sein könnte, ihr zu entfliehen, und diese Hoffnung mit unfehlbarer Regelmäßigkeit zusammenbrechen zu lassen. Es war dies das Spiel der Katze mit der Maus; jedes mögliche Versteck war ihr schon im voraus bekannt, ja man hatte den Eindruck, daß sie selbst es war, die der Angst die Verstecke vorzuspiegeln verstand. Spiegel spielten hier überhaupt eine große Rolle – Spiegel etwa, auf die man zuschritt, während sich die Gefahr unter dem Trugbild der eigenen Gestalt näherte. Auch der Kreis wurde verwandt, der sich in seiner wahren Figur erst enthüllte, nachdem man lange Zeit und auf den kompliziertesten Wegen sich zu entfernen geglaubt hatte: plötzlich erkannte man, daß die Gefahr stets im Zentrum der Bewegung geblieben war. Ebenso dienten endlose Ketten der verschiedenartigsten Erlebnisse dazu, das Angstgefühl zu steigern, das in einem Maße wuchs, in dem der fallende Stein an Geschwindigkeit gewinnt. Lange Zeit war man in andere, furchtbare Vorgänge verwickelt, bis man dann doch wieder magnetisch auf die dunkle Gestalt zugeführt wurde, die zu erkennen gab, daß sie auch hier als die wirkende Kraft tätig gewesen war.

Alle speziellen Bilder haben sich verwischt, nur eins ist mir noch halb in Erinnerung, von dem ich annehme, daß es in Amsterdam gespielt haben muß. Ich träume oft von dieser Stadt, in der ich niemals gewesen bin; dunkle Wasserzüge, die schweigend zwischen alten Häusern stehen, besitzen etwas Bedrückendes. Dort stand ich mit einem Geheimpolizisten, der mir wie ein von der öffentlichen Ordnung bestimmter guter Geist zum Schutze beigegeben war, halb über die Steinbrüstung einer schmalen Brücke gelehnt und starrte auf eine Reihe von Wäscherinnen, die Leinenstücke durch das trübe Wasser zogen. Das heißt, diese Tätigkeit war nur eine vorgespiegelte; wer durch sie hindurchsehen konnte, erkannte wohl, daß hier irgendein dämonisches Geschäft getrieben wurde. Vergebens versuchte ich aber, dies meinem Begleiter zu erklären, der Maßnahmen zu meiner Rettung treffen sollte und der doch nur die friedliche Außenseite zu erblicken imstande war. Ich aber übersah sowohl die Bosheit des Feindes, der gegen mich tätig war, wie die völlige Aussichtslosigkeit, einen normalen, wachen Verstand von ihr zu überzeugen; und dieses Unvermögen stürzte mich in eine Verzweiflung, die mich immer schneller, dringender und, wie ich mit

Entsetzen wahrzunehmen begann, nun völlig sinnlos reden ließ. In demselben Maße, in dem meine Stimme rasender wurde, wurde das Gesicht meines Begleiters abweisender, während das Hohngelächter auf der anderen Seite sich steigerte. Es wurde mir gewiß, daß ich rettungslos verfallen war. — — —

Träume sind tief; ihre Bereiche sind es, in denen der Seele die Flügel weniger gebunden sind, und sie sprechen uns in Bildern an, die von Bedeutung geladen sind. Träume deuten, heißt: unter ihrem Bildwerk den geheimen Sinn aufspüren, der sowohl der Nacht wie dem Tage zugrunde liegt. Es ist mein geheimer Stolz, daß ich hinter der Mathematik der Schlachten den prächtigen Traum witterte, in den sich das Leben stürzte, als ihm das Licht zu langweilig ward. Daher ist es mir gelungen, den Krieg den Spießbürgern aus den Zähnen zu reißen, was in einer Zeit der allgemeinen Wehrpflicht nicht einfach ist und wofür mir mancher wackere Kerl seinen Dank ausgesprochen hat.

Aber was in den feurigen Traumlandschaften des Krieges gültig war, das ist auch in der Wachheit des modernen Lebens nicht tot. Wir schreiten über gläsernen Böden dahin, und ununterbrochen steigen die Träume zu uns empor, sie fassen unsere Städte wie steinerne Inseln ein und dringen auch in den kältesten ihrer Bezirke vor. Nichts ist wirklich, und doch ist alles Ausdruck der Wirklichkeit. Im Heulen des Sturmes und im Prasseln des Regens vernehmen wir einen verborgenen Sinn, und schon dem Zuschlagen einer Tür in einem einsamen Haus hört selbst der Nüchternste nicht ohne Spur von Mißtrauen zu. In dem sehr rätselhaften Gefühl des Schwindels deutet sich das uns ständig wie ein unsichtbarer Schatten begleitende Bewußtsein der Bedrohung an, und Pascal bemerkt mit Recht, daß auch der größte Mathematiker, der an vollkommen sicherer Stelle vor einem Abgrunde steht, sich ihm nicht zu entziehen vermag. Der Glaube an die Anwesenheit feindlicher Mächte gehört dem Bereiche unserer tieferen Überzeugung an, und es gibt in Augenblicken, in denen der Mensch überraschend von einer tödlichen Krankheit Gewißheit erlangt, eine schreckliche, tonlose Art zu sagen: »Ich wußte es.« Und sicher stellt sich in der Stunde, in der das Leben verblaßt und in der wir schon auf dem halben Wege zur dunkelsten Pforte sind, ein Maskenzug sonderbar bekannter Gesichter ein.

Soviel ist gewiß, daß eine Art des Bewußtseins, die nur während des Lebens, und auch hier höchstens zur Hälfte seiner Zeit, von Gültigkeit ist und an der sowohl der Schlafende wie das Kind, auch Berauschte, Dichter und Liebende keinen Anteil haben, nur sehr bedingte Werte zu setzen vermag. Es gleicht dem Freunde in der Not, und je fester wir uns darauf verlassen, desto schutzloser stehen wir da. Daher besitzen Katastrophen innerhalb der Zivilisation etwas so unendlich Bedrückendes, weil hier alle tieferen Quellen der Hilfe verschüttet sind. In demselben Maße, in dem wir uns gegenseitig gegen äußere Unbilden zu versichern suchen — und dies ist eine der höchsten Bestrebungen dieser Zeit — in demselben Maße, in dem wir unsere Beziehungen in juristische Verhältnisse auflösen und dem Individuum Ellbogenfreiheit geben, schneiden wir uns von den Gemeinschaften ab, in denen wir uns entscheidend zu Hilfe kommen können.

So lebt der Einzelne inmitten der Millionenstädte der Zeit in einer eisigen Isolation. So aber auch bereitet sich die Stunde der Rattenfänger vor, der großen Zauberer, denen die alten, furchtbaren Melodien überliefert sind.

Einen kleinen Beitrag über das Verhältnis, das zwischen dem Rausche und dem Bösen besteht, ergibt auch die folgende Betrachtung: Durch den Rausch spannt der Mensch gleichsam einen Schirm über sich aus, der ihn während seines Verkehrs mit dem Dämon verbirgt. Daher hat es seine Bedeutung, daß den Rauschmitteln sowohl eine anreizende wie eine betäubende Kraft innewohnt. Die auf den ersten Blick fast unerklärliche Tatsache, daß es Drogen gibt, die sowohl einzuschläfern wie die Vitalität in unerhörtem Maße zu steigern imstande sind, steht in Beziehung zu der Bipolarität der moralischen Welt.

So ist es sehr glaubwürdig, daß der einmal von Tolstoi erwähnte Mörder, bereits in ein Haus eingedrungen, vor der Tat unschlüssig zaudert und seine letzten Bedenken erst nach dem hastigen Genusse einer Zigarette fallen läßt. Durch solche Maßnahmen wird ohne Zweifel eine Stimme des inneren Zwiegespräches betäubt und die andere wild und reißend gemacht.

Hier fällt ein besonderes Licht auf die Anwendung der Narkotika in der Medizin, die das 19. Jahrhundert in reichem Maße entwickelt hat. Der Schrift eines Freiherrn von Weizsäcker, die ich in diesen Tagen las, einer kleinen Oase übrigens, entnehme ich, daß man heute innerhalb der Medizin die alte Frage nicht mehr als ganz absurd betrachtet, ob in der Krankheit ein Schuldverhältnis zum Ausdruck kommt. Unter diesem Gesichtswinkel würde dem Schmerz die Rolle eines körperlichen Gewissens zufallen und in seiner künstlichen Betäubung das Ausweichen vor einer Verantwortung zu erblicken sein. Ohne Zweifel besitzt der Gedanke etwa an eine Geburt, die in der Narkose geschieht, etwas sehr Beunruhigendes. In meiner persönlichen Erfahrung verknüpft sich die Erinnerung an eine Schrapnellkugel, die mir, wie ich freilich gestehen muß, gegen meinen Willen, bei Bewußtsein herausgenommen wurde, mit dem Gefühl einer Art von Pflichterfüllung; und dergleichen dürfte bei einigem Nachdenken wohl jeder aufzuweisen haben. Auch dürfte die Erinnerung an einen völlig sinnlosen Rausch weit angenehmer sein als die an irgendwelche während des Rauschzustandes verübten Exzesse, die aber wenigstens als solche noch kontrollierbar sind. Hiermit hängt das quälende Gefühl zusammen, das sich einstellt, wenn beim Erwachen der Traum verrinnt, wenn er gleichsam unter den Händen verrieselt, ohne Spuren zu hinterlassen. Der Mensch, der Wert auf seine Erlebnisse legt, wie sie auch immer seien, und der sie als Teile seiner selbst nicht im Reiche der Dunkelheit zurücklassen will, erweitert den Umkreis seiner Verantwortung.

Diesen Umkreis zu *verringern,* ist aber gerade das Bestreben der modernen Humanität. Daraus ergibt sich ihre Wertung des Rausches; sie schätzt seine narkotische Seite, das Chloroform, sie scheut die stimulierende, etwa das fließende Blut. So haftet auch allen Ideen, mit denen sie operiert, etwas Narkotisches an – ihr Sozialismus, ihr Pazifismus, ihre Auffassung der Justiz, des Verbrechens, der Gesellschaft überhaupt, dies sind alles Dinge, die ohne Scheuklappen gar nicht denkbar sind. Daher müssen sie auch jedem aufs tiefste zuwider sein, der die Fülle des Lebens, seine Mannigfaltigkeit und die glühende Pracht seiner Räusche liebt – jedem, der das tragische Bewußtsein und die Wucht seiner Verantwortung um keinen Preis drangeben möchte, auch wenn sie mit Keulenschlägen und Kanonenkugeln trifft.

Die moderne Humanität, diese Similisonne des Menschentums, ist den guten und bösen Geistern, den Höhen und Abgründen gleich weit entfernt. Ihr Weg gleicht dem eines Wanderers, den ein grauer Wolkenschirm vor den Strahlen eines unbarmherzigen Lichtes schützt und den eine staubige Landstraße von den unterirdischen Gewässern trennt. Sie ist ein Traum, aber einer ohne Farben und Bilder, einer der langweiligsten Träume, auf die man je verfallen ist, ein Traum, wie ihn ein Straßenbahnpassagier um drei Uhr nachmittags träumt. Sie ist eine Angelegenheit der Straßenbahnpassagiere überhaupt. Es ist unmöglich, an ihr teilzuhaben, insofern man sein Leben durch Spannung, Rang und Unterschied bestimmt, insofern man Krieger, Gläubiger oder Dichter, Mann, Weib oder Kind ist, ja schon insofern man die fehlende halbe Flasche Sekt im Leibe hat.

Über das deutsche Bier ist viel geredet worden. Seinen entscheidenden Mangel sehe ich darin, daß seine stimulierende Wirkung in gar keinem Verhältnis zur narkotischen steht, daß es also vor allem schläfrig macht. Die Seßhaftigkeit, die Kannegießerei, der Verein, die deutsche Politik, die deutsche Gemütlichkeit, die deutsche Objektivität – mit einem Worte, die deutsche Schläfrigkeit. Ein Soldat, der vor dem Sturmangriff einen halben Liter Bier austrinkt, dürfte ein Kuriosum sein.

Auch der Franzose hat seine ekelhaften Caféhausspießer, seine Bouvards und Pécuchets, aber man hat sich dort den Weg zur Bösartigkeit nicht künstlich verschwemmt. Der Weintrinker ist nüchterner, wie ein Mensch, der mit gefährlicheren Stoffen hantiert; so habe ich in Neapel, wo es mir Spaß machte, zu hören, daß man während des Krieges nicht wagen durfte, das Weißbrot abzuschaffen, weil sich das Volk innerhalb von zwei Stunden auf den Plätzen zusammengerottet hätte, kaum einen Betrunkenen gesehen. Der Mann, qui boit son vin sec, besitzt ein Verhältnis zur Revolution, die einen der Versuche des Lebens darstellt, sich in Zeiten der Erschöpfung die Reservequellen zu erschließen, die im Bösen verborgen sind. So können die furchtbaren Reden im Konvent, in denen man im Spiel der Worte um Köpfe pointierte, noch heute nicht ohne Herzklopfen gelesen werden, während die Nationalversammlung von 1848 in den Folianten ihrer Berichte nichts als ein unfehlbares Schlafmittel, als die gesammelten Bierreden des deutschen Idealismus hinterlassen hat. Ohne die Fußtritte in den Hintern, die die Soldaten auf dem Marsche nach Spandau austeilten, würde doch gar zu wenig herausgesprungen sein; und einer der Augenblicke, die ich mir mit dem größten Behagen vorstelle, ist der, in welchem Schopenhauer dem preußischen Leutnant, der aus seinem Hause das Feuer eröffnen will, sein bestes Perspektiv zur Verfügung stellt.

Ja, es ist ein gut Ding um den deutschen Humor, wie einer der beliebten Sprüche sagt, aber für meinen Geschmack besitzt ein Humor, wie er in der Reuterschen »Festungstid« zum Ausdruck kommt, verflucht wenig Erbauliches.

Der Gedanke, daß irgend jemand, von welcher Seite auch immer, jene Steckrübenrevolte von 1918, in der sich die Erschöpfung wohl am typischsten und mit den fadesten Mitteln narkotisierte, anstatt sich zu stimulieren, auf ähnliche Weise schmackhaft zu machen versuchen könnte, besitzt etwas Unleidliches; ebenso wie der Gedanke, daß damals der Plan einer Levée en masse nur in einem jüdischen Gehirn getragen wurde, etwas Beschämendes besitzt.

Es gibt Zeiten, in denen die einzig erfreuliche Stimmungslage des Humors die des blutigen Humores ist und in denen es ein gut Ding um die deutsche Galle wäre. Dies ist freilich fast ein Widerspruch in sich; eine Spur davon scheint nur in den grimmigen Liedern, mit denen die alten Landsknechte im wütenden Übermut angriffen, zurückgeblieben zu sein. »Schweizer, ich scheiß dir ein' Dreck auf den Bart!« Es scheint fast, als ob wir uns so prächtige Kerle wie einen Herzog Alba oder wie sie El Greco mit Farben wie aus Blut und Galle gemischt auf die Leinwand brachte, immer von außerhalb verschreiben müßten. Eigentlich gab nur der Sturm und Drang unserer Jugend einmal eine Stimmung, die die Zone durchbricht, innerhalb deren man Spaß versteht — Schiller, als er sich noch für den Karl Moor begeisterte, Klinger, dessen Helden sich so wenig zu lassen wissen, daß sie sich am liebsten in eine Pistole laden und in die Luft knallen lassen möchten, später Grabbe, dessen Herzog von Gotland eine der besten Ohrfeigen in das Gesicht der Gemütlichkeit ist. Man sollte das künstlich züchten, wie man in den Alpendistrikten das Wachstum der Schilddrüse zu fördern sucht, indem man das Salz mit Jodpräparaten versetzt. Vielleicht wäre es gut, das Bier anstatt mit Hopfen mit Stechapfelkörnern zu bittern oder mit jenen Fliegenpilzen, mit deren Aufgüssen sich der Lappländer bösartige Flugträume verschafft. Dieser Wunsch trieb Nietzsche, als er aus Turin an Brandes schrieb, daß man die Deutschen durch »Esprit rasend machen« müsse, und ohne Zweifel mangelt es an Leuten, die die Rolle der Banderilleros beim Stiergefecht zu spielen, das heißt, dem faulen Stier mit Schwärmern und glühenden Schwämmen zu Leibe zu gehen verstehen.

Unsere Hoffnung ruht in den jungen Leuten, die an Temperaturerhöhung leiden, weil in ihnen der grüne Eiter des Ekels frißt, in den Seelen von Grandezza, deren Träger wir gleich Kranken zwischen der Ordnung der Futtertröge einherschleichen sehen. Sie ruht im Aufstand, der sich der Herrschaft der Gemütlichkeit entgegenstellt und der der Waffen einer gegen die Welt der Formen gerichteten Zerstörung, des *Sprengstoffes*, bedarf, damit der Lebensraum leergefegt werde für eine neue Hierarchie.

Gestern noch, bei einem nächtlichen Spaziergang durch entlegene Straßen des östlichen Viertels, in dem ich wohne, bot sich ein einsames und finster heroisches Bild. Ein vergittertes Kellerfenster öffnete dem Blick einen Maschinenraum, in dem ohne jede menschliche Wartung ein ungeheures Schwungrad um die Achse pfiff. Während ein warmer, öliger Dunst von innen heraus durch das Fenster trieb, wurde das Ohr durch den prachtvollen Gang einer sicheren, gesteuerten Energie fasziniert, der sich ganz leise wie auf den Sohlen des Panthers des Sinnes bemächtigte, begleitet von einem feinen Knistern, wie es aus dem schwarzen Fell der Katzen springt, und vom pfeifenden Summen des Stahles in der Luft — dies alles ein wenig einschläfernd und sehr aufreizend zugleich. Und hier empfand ich wieder, was man hinter dem Triebwerk des Flugzeuges empfindet, wenn die Faust den Gashebel nach vorn stößt und das schreckliche Gebrüll der Kraft, die der Erde entfliehen will, sich erhebt oder wenn man nächtlich im D-Zug sich durch die zyklopische Landschaft des Ruhrgebietes stürzt, während die glühenden Flammenhauben der Hochöfen das Dunkel zerreißen und inmitten der rasenden Bewegung dem Gemüte kein Atom mehr möglich scheint, das nicht *in Arbeit* ist. Es ist die kalte, niemals zu sättigende Wut, ein sehr modernes Gefühl, das im Spiel mit der Materie schon den Reiz gefährlicherer Spiele ahnt und der ich wünsche, daß sie noch recht lange nach ihren eigentlichen Symbolen auf der Suche sei. Denn sie als die sicherste Zerstörerin der Idylle, der Landschaften alten Stils, der Gemütlichkeit und der historischen Biedermeierei wird diese Aufgabe um so gründlicher erfüllen, je später sie sich von einer neuen Welt der Werte auffangen und in sie einbauen läßt.

O du stählernste Schlange der Erkenntnis — du, die wir verzaubern müssen, wenn du uns nicht erwürgen sollst!

In den letzten beiden Jahren habe ich zuweilen mit Fliegern

verkehrt, einmal auch einige Herbstwochen auf einem Flugplatze gelebt. Es ist dies gute Gesellschaft, weil sich in ihr das für diese Zeit mögliche Höchstmaß an Rasse zusammendrängt, ein gesteigertes Arbeiter- und Soldatentum, ausgeprägt in ein gutes Metall, mit einem in Dienst gestellten Intellekt und doch nicht ohne eine gewisse Freizügigkeit und aristokratische Leichtigkeit.

Sehr fesselten mich eingehende Gespräche über den Luftkampf während der letzten Jahre des Krieges, und ich versäumte keine Gelegenheit, mich über die geringsten Daten ins Bild setzen zu lassen, schon um von der Menge ganz wunderbarer Gestalten zu hören, die sich unter so eigenartigen und einmaligen Bedingungen in der Zone einer explosiven Vitalität entfalteten.

Wiederum fand ich bestätigt, was mir schon von jeher klar gewesen ist, nämlich daß zur Beherrschung der Formen eines Lebens, das sich unter höchster Gefahr vollzieht, durchaus nicht die »Nerven von Stahl« die entscheidende Mitgift sind. Der Kampf im Rahmen der Zivilisation setzt im Gegenteil ein hohes Maß von Sensibilität voraus; und je tiefer man in eine kämpfende Einheit eindringt, über den Stahl der Waffe, die körperliche Konstitution, das nervosanguinische Temperament bis zur metaphysischen Kraft, die in den Raum hineinwirkt, desto feiner wird die sich verwirklichende Substanz und desto fruchtbarer ihre Energie.

So ist es auch bei Katastrophen keineswegs gleichgültig, in welcher Zone das Leben zusammenbricht, denn seine Kampfkraft speist sich von innen heraus. Zerbrechen die Waffen, so schafft der Körper Rat; der kranke Körper wird dem Zwange der Nerven unterstellt, und selbst die Nerven können bezwungen werden. Es hängt von dem Grade der Gemeinheit ab, bis zu welchem Punkte das Leben seine Entscheidungen ausschlägt und an welchem es sich verloren gibt. Daß dies etwa im Naturalismus, im historischen Materialismus, im Darwinismus, kurz in allen für die Massen des späten 19. Jahrhunderts maßgeblichen Fragestellungen sehr früh, nämlich schon beim Hunger, geschieht, daß in ihnen die

Konflikte nicht bis in die Wurzel vorgetrieben werden und daß damit auf die Beschwörung der letzten Tugenden, der schlummernden Löwen im innersten Dickicht, verzichtet wird, das spricht für den unübertrefflichen Grad an Gemeinheit einer ganzen Zeit, deren geschwätzige Normaluhren bei uns noch längst nicht abgelaufen sind.

Doch nicht hiervon, sondern von *uns* soll die Rede sein. Die Tatsache, daß es unter dieser Jugend vereinzelte Erscheinungen gab, die die versagenden Nerven durch Rauschmittel zu bändigen versuchten und sich so einer unbeschreiblich schnellen Zerstörung in die Arme warfen, liefert einen kleinen, aber aufschlußreichen Beitrag zum Studium der tragischen Welt. Vielleicht besitzt sie, wenigstens für mich, gerade deshalb etwas Liebenswertes, weil in ihr eine Schwäche, allerdings die Schwäche eines heroischen Geistes, zum Ausdruck kommt. Das große, abenteuerliche Herz, das sich von seinen Mitteln verlassen sieht und das sich fürchtet, von ihnen in der Stunde des Schreckens verraten zu werden, beschwört, weil es sich nicht stark genug fühlt, die Hilfe der Dämonen herbei. Es ist dies die Furcht vor der Furcht, ein Gefühl, das sich freilich dem Feigling nicht gönnt. Bei diesem Worte muß ich des jungen Freundes gedenken, der, fast ohne militärische Ausbildung, aus dem Transportzuge heraus in einen flandrischen Nachtangriff geriet. Während die alten Soldaten um ihn herum längst Deckung genommen hatten, schritt er wie ein Kind in die unbekannte, feuersprühende Landschaft hinein, und er gestand später, fast verlegen, daß ihn dabei der Gedanke beschäftigt hätte, ob denn sich hinzulegen auch »statthaft« sei. So schritt er denn voran, bis ihn ein Geschoß zu Boden warf, und noch heute, wenn ich ihn mit seiner schiefgeschossenen Schulter in die Tür treten sehe, empfinde ich ein Gefühl der Dankbarkeit – darüber, daß wir trotz allem in einer Zeit leben, in der die Träume der Kinder doch nicht ganz enttäuscht worden sind. Nein, es ist nicht wahr, daß Plutarch gelogen hat, und Ariost noch viel weniger.

Der Gedanke eines Luftkampfes, zu dem sich ein Mensch

durch Betäubung gezwungen haben könnte, besitzt, wenn man ihm näher nachgeht, etwas Verwirrendes; er bestätigt, daß das Leben sich in ganz phantastische Lagen begibt, in Räume, von deren verschwiegener Fremdheit man nur sehr entfernte Vorstellungen gewinnen kann. Besaßen die normalen Umstände schon etwas außerhalb aller Erfahrung Liegendes, gleich einem von allen modernen Energien durchfluteten Traume aus »Tausendundeiner Nacht«, so schob sich wohl nun ein zweiter, unerhörter Traum in sie hinein, der, mit dem Erlebnis des Fabelhaften als mit der gegebenen Basis operierend, es in eine neue seelische Potenz erhob. Übrigens hat die Erscheinung, die sich hinter diesem durch die Zeit gewobenen Schleier verbirgt, von jeher die Aufmerksamkeit des Dichters erregt; die Gestaltungen des Ajax, des Rasenden Roland, auch des Bruders Medardus und des Don Quijote stehen in Beziehung zu ihr. Es ist dies eine Art der Betrachtung, die die Regionen des Traumes und der Wirklichkeit wie zwei durchsichtige Gläser übereinanderschiebt, die auf den seelischen Brennpunkt gerichtet sind.

So liebte ich es damals, mir die erhabenen Träumereien eines Menschen vorzustellen, der aus Furcht vor der Furcht seine Nerven mit der weichen, weißen Watte der Betäubung umhüllte und der unter dem trügerischen Schutz einer künstlichen Schmerzlosigkeit, grenzenlos allein mit all den tausend Bildern und Gedanken, die der Rausch anfluten läßt, über den Wolken seine einsamen Kreise zog. Vielleicht schoß er, wenn die Begegnung erfolgte, mit einem Gefühl der Gleichgültigkeit seine Schüsse ab, als müßte dies so sein. Vielleicht tat sich während des Augenblickes, in dem er in der steilen Kurve lag und die Spanndrähte heulten, eine Welt sonderbarer Einsichten vor ihm auf, und er verfügte über eine endlose Zeit, seine Gedanken zu Ende zu denken, ehe er wiederum zum Schusse kam. Ja, und vielleicht war die Kette seiner Bilder gerade sinnvoll in sich zurückgelaufen, und alle Gedankenstrahlen waren ins Zentrum des letzten, endgültigen Schlusses gebracht, als das Geschoß ihn mit jener rätselhaften Notwendigkeit traf, mit der der Schnittpunkt von

Traum, Schlaf und Erwachen im rasselnden Klange eines Weckers liegt.

Aber was der eigentliche Inhalt all dieser Formen des Lebens, die sich so einmalig, einzigartig und unwiderruflich vollendeten, gewesen ist und ob es auch wirklich ein Auge gab, das alles dieses sah, aufnahm und würdigte, oder ob es nur ein flüchtiges Spiel war, das wie eine Welle am Strande der Ewigkeit verrauschte und das wir trotzdem bejahen und mit unseren unvollkommenen Mitteln zu würdigen suchen müssen — *das* ist der tiefere Schmerz, der hinter diesen Vorstellungen brennt.

So müssen wir denn sagen mit dem Feldhauptmann Bernal Diaz, dem treuen Begleiter Cortez' auf dem wunderbaren Zuge durch Mexiko: *Wir* sind es, die von diesen Erlebnissen berichten müssen, da die Wolken und Berge, die auf sie herabsahen, dazu nicht imstande sind.

Berlin

In diesen Tagen schloß ich durch Zufall Bekanntschaft mit der »Philosophie du Boudoir« des Marquis de Sade. Dies ist ein Geist, der über seinen Rousseau mit Konsequenz hinausgelesen hat und zu dessen Prosa die gepuderte und mit Diavoletti gekörnte der Crébillon, Couvray und Laclos sich verhält wie der Stichdegen des Kavaliers zum breiten Beil des Septembriseurs. Dies ist der Erdwolf, der heulend durch die Kloaken jagt, mit feuchtem, klebrigem Fell und dem unersättlichen Fleischhunger, der endlich Blut säuft und die Abfälle des Lebens frißt. Jeder Trunk aus den roten Bechern ist wie Meerwasser, das den Durst immer rasender macht.

Recht aufschlußreich ist auch das Technische: so die Trennung der Worte und Satzfetzen durch Gedankenstriche, die die Sprache des Atems beraubt und sie in ein Röcheln und Stöhnen zerreißt; so das endlose Aneinanderreihen synonymer Worte für Handlungen und Gegenstände, die dadurch immer sinnfälliger und gieriger ertastet werden sollen — die Sprache bohrt sich mit glühenden Stacheln ins Fleisch; so die

Anführungsstriche, durch die jedes beliebige Wort zur Zote gestempelt wird — die Voraussetzung eines verruchten Einverständnisses des Lesers mit dem Autor ist absolut; so eine Manier, inmitten der eindeutigsten Ausführungen plötzlich statt Hose »Unaussprechliche« zu sagen, um den Stellen des wildesten Handgemenges durch ein unerwartet abgebranntes Blitzlicht der Prüderie den letzten Grad der Sichtbarkeit zu verleihen.

Zufällig habe ich schon vor einiger Zeit ein aufschlußreiches Zwischenstück, ein missing link, aufgestöbert in Form des fast verschollenen Romanes »Gevatter Matthieu oder Die Ausschweifungen des menschlichen Geistes« von Dulaurens, der als Verfasser atheistischer Bücher im Gefängnis endete. Hier tritt der furchtbare Pater Johann auf, in dem die Tugend Rousseaus bereits sehr deutlich jenen Bestialismus abgespalten hat, der als eine ihrer Grundqualitäten in ihr verborgen ist. Es macht mir Vergnügen, daß ich die »Confessions« schon sehr früh, schon vor dem Kriege, mit dem innersten Gefühl als das aufgenommen habe, was sie sind: als ein schändliches Buch.

Der Marquis de Sade ist übrigens nicht schändlich, sondern verrucht. Daher ist er für meinen Geschmack auch weit lesbarer als Rousseau. In ihm stellt sich, freilich in einer abnormen und höchst widerwärtigen Erscheinung, das Leben immerhin mit Krallen, Hörnern und Zähnen zum Kampf. Ohne sich in seiner Mißgeburt verleugnen zu wollen, stellt es sich dar und fordert in einer teuflischen Einsamkeit das Gesetz selbst gegen sich heraus. Hier liegt auch der Grund, aus dem mir der Anarchist viel sympathischer ist als der Kommunist, zwischen welchen beiden ein sehr ähnliches Verhältnis besteht wie zwischen Sade und Rousseau. Ebenso ist der Verbrecher, und vor allem der geborene Verbrecher, sympathischer als der Bettelmann.

Erkennt man die heroische Weltanschauung als verbindlich an, so muß man auch fühlen, daß der Schmerz, den die Gewalt verursacht, weit erträglicher ist als der, der mit den vergifteten Waffen des Mitleids trifft. Der Verbrecher ist ein Mann, der den Krieg erklärt — nun gut, und er selbst ist am wenigsten darüber erstaunt, daß man mit ihm nach Kriegsbrauch verfährt, denn diese Konklusion war bereits in seinen Prämissen enthalten, um so selbstverständlicher, je mehr er eine von Natur böse Natur und je weniger er einer von den kleinen, bürgerlichen Gelegenheitsdieben war, die der Zufall bäckt — oder auch ehrlich läßt. Auch gibt es eine unerbittliche Haltung, die dem Verbrecher menschlich viel näher ist als die moderne Humanität; Huysmans hat dies in seiner Abhandlung über den Prozeß des Gilles de Rais unübertrefflich hervorgehoben; er hat es die weiße Flamme der mittelalterlichen Liebe genannt.

Entsprechendes läßt sich von der Haltung des Anarchisten sagen, nicht aber vom Kommunismus, vom *deutschen* Kommunismus, wohlgemerkt, der einen weit geringeren Zusatz vom Metall der Anarchie in sich verbirgt als etwa der russische — einem äußersten Kleinbürgertum, einer Aktiengesellschaft im Schrebergartenstil, deren Grundkapital der Schmerz und seine Reaktionen und deren Ziel nicht die Vernichtung, sondern eine besondere und langweiligere Ausbeutungsform der bestehenden Ordnung ist.

Diese Ordnung wird nicht angegriffen als Qualität, worüber sich sofort und hinsichtlich jeder möglichen Ordnung reden ließe, sondern in bezug auf eine ihrer quantitativen Eigenschaften, weshalb denn auch jedes Schwungrad munter weiterläuft und sich im Wesentlichen nichts verändert, was ja auch ganz absurd zu denken wäre. Dem entspricht eine Haltung, die zwar wenigstens auf kriegerische Taktik und Gewaltanwendung nicht verzichtet, ihr aber nicht jene Not, die von äußeren Dingen ganz unabhängig ist, zugrunde legt, sondern Leid und Mitleid, das sich dazu noch auf materielle Umstände bezieht.

Daher ist es auch ganz unmöglich, daß anstelle von Intelligenzen führende Geister von Rasse in den Kommunismus einströmen, der ein Ausfluß der Unterdrückung, nicht aber der Selbstherrlichkeit ist — oder in dem Augenblick, in dem das geschähe, bliebe vom Kommunismus nur noch der Name zurück. Denn Geister dieser Art sind unfähig, sich rein in der materiellen Schicht zu verständigen. Auch spielen die Leiden keine entscheidende Rolle für sie, sie scheuen sie nicht — ja sie suchen sie auf. Außerdem wird man ihnen nicht klarmachen können, warum ein Zustand, der unwürdig ist, von dem Augenblick an, in dem er sich besser bezahlt macht, aufhören sollte, unwürdig zu sein. Sie fühlen wohl, daß in diesem Falle der Wille zu einem weit gründlicheren, zu einem qualitativen Umsturz aufzutreten hätte, der freilich ohne seelische Voraussetzungen gar nicht als notwendig empfunden wird und der von Bettelleuten, das heißt von Naturen, deren Gesinnung von Geld abhängig ist, nicht aufgebracht werden kann.

Demgegenüber stellt sich der Anarchist klar aus der Ordnung heraus; er greift sie nicht als eine in sie eingebettete, infizierte Zelle an, sondern er sucht das Verhältnis eines selbständigen, kämpfenden Organismus auf. Dieses Verhältnis besitzt eine weit sauberere und notwendigere Natur. So kommt es, daß der Kommunist warten muß, bis die Gesellschaft reif ist, ihm als Beute anheimzufallen, und daß er wiederum nur in Gesellschaft, nur en masse, diese Beute verwerten kann. Anders ausgedrückt: der Kommunismus ist zum entscheidenden Kampf gegen die Gesellschaft ganz unfähig, weil diese zu seinen Anschauungsformen gehört. Er ist kein Aufstand gegen die Ordnung, sondern ihr letzter und langweiligster Triumph.

Nicht so der Anarchismus, der sich daher auch sofort, in jedem Einzelnen und in allen seinen Konsequenzen, vollziehen läßt. Hier gibt es kein Goldenes Zeitalter, dessen einziger Ertrag die Pränumerandozinsen sind, die sich die Agitation zugute kommen läßt. Jeder Einzelne, sofern er nur in sich selbst die Gesellschaft entschieden vernichtet hat, kann sofort dazu übergehen, diese Vernichtung auch am äußeren Bestande der Gesellschaft zu vollstrecken, insofern er es nicht überhaupt verachtet, sich selbst in dieser Form noch mit ihr abzugeben, weil er es vorzieht, in der Ferne, in ursprünglichen Landschaften als Täter oder auch in der hermetischen Abgeschlossenheit eines Großstadtzimmers als Denker und Träumer seinem Willen den Rang einer absoluten Instanz zu verleihen.

Damit hängt es zusammen, daß der Kommunismus als eine Erscheinung gesellschaftlicher Natur auf Vertretung durch einen gesellschaftlichen Körper, durch eine Partei, angewiesen ist und daß alle Kräfte, die außerhalb bleiben, ihm verloren gehen, während der Anarchismus einer solchen Vertretung durchaus nicht bedarf. Seine Tätigkeit summiert sich im Gegenteil um so besser, je einsamer, unzusammenhängender und verschlossener sie im Einzelnen stattfindet — Stawrogin hat sehr Beachtliches darüber gesagt. Diese Tätigkeit schneidet sich an jenem Orte, den ich den magischen Nullpunkt nenne, einem Punkte, den wir passieren werden und an dem zugleich nichts und alles ist. Sie wird heute von sehr vielen, in allen Lagern, Schichten und Parteien zerstreuten Kräften ausgeübt, von einer feindlichen Brüderschaft, von der keiner den anderen und von der doch jeder die *Signale* kennt. Wir leben in einer seltsamen Zeit.

»Was zum Teufel aber«, habe ich schon manchem anständigen Kerle gesagt, der sich eingeredet hatte, daß in einen leeren Beutel bereits gleichsam der Anspruch auf ein höheres Menschentum eingeschlossen sein müsse, »was zum Teufel haben wir mit der schmutzigen Wäsche des Pöbels zu tun?« Es gibt keine Gemeinschaft der Unzufriedenen, und jede Unzufriedenheit ist genau so viel wert wie das, worauf sie sich bezieht. Mit Leuten, die nur die Kassenschränke im Auge haben, ist schlecht auf Abenteuer ziehen. Ein Mensch von Rang sollte sich lieber in böse als in schlechte Gesellschaft begeben, weil Rang und Wert nur in der tragischen, nicht aber in der sozialen Welt zusammenfallen, in der vielmehr die Zahl die Rolle des Wertes übernimmt.

Aus diesem Grunde ist denn auch die Lösung des Anarchisten Karl Moor so durchaus menschlicher, die des Sozialisten Karl Marx aber nur humanitärer Natur, wie denn überhaupt der Sturm und Drang eine äußerst erfreuliche Epoche ist, weil hier der Deutsche eine seiner selteneren Eigenschaften an die Oberfläche bringt und zeigt, daß ihm die Ordnung auch einmal langweilig werden kann. Da werden dann freilich, weil es das Herz ist, das im Guten und Bösen regiert, alle Grenzen überschritten — jene Grenzen, die der Verstand nur einebnen kann.

Dieser Wertung, wie gesagt, entspricht es, daß ich lieber verruchte Bücher lese als schändliche, die verruchte Tat eher anerkennen möchte als die schändliche, den Mord eher als den Verrat. Als schändlich habe ich merkwürdigerweise schon sehr früh die bekannten Passagen empfunden, in welche der Verfasser des »Contrat social« die ahnungslosen Herzen lockt, und ich meine, jene erste Schwalbe, von der Sainte-Beuve spricht, leitet einen trüben Sommer ein. Es hat mich immer erstaunt, daß junge Leute oft schon so sicher in der Ablehnung komplizierter Erscheinungen sind, längst vor dem Abschluß eines festeren Bewußtseins — aber schließlich geht ja der Geschmack dem Urteil voran.

Das, was schändlich ist und worüber die Meinungen unendlich verschieden sind, habe ich eigentlich früher, wie mir scheinen will, durch den Geschmack viel schneller und sicherer festgestellt, als ich es mir heute klarmachen könnte. Freilich hat man auch beim Trinken sehr schnell heraus, daß das Getränk unzuträglich ist, während diese Abneigung durch die nachträgliche chemische Analyse erst viel später gerechtfertigt wird.

Ich wette, der wahre Freund der Bücher, der verläßliche und unsichtbare Begleiter des Dichters, der es nicht verlernt hat, mit jener Wildheit aufzunehmen, deren man mit sechzehn Jahren fähig ist, wird das körperliche Gefühl kennen, mit dem das Herz das ablehnt, was ihm zuwider ist. Ist ihm nicht jener Augenblick vertraut, in dem man ein Buch bei ganz bestimmten Stellen plötzlich beiseite legt mit dem Gefühl, nicht weiterlesen zu können, ehe man Atem geholt, ehe man sich irgendwie gesammelt hat? mit dem Gefühl, das sich unmittelbar an den Autor wendet: »Dies, dieses Peinliche, diese Demütigung hättest du mir nicht antun dürfen«?

Ja, daß Hektor erschlagen und daß seine Leiche durch den Sand geschleift wird, das läßt sich ertragen, aber man kann es eigentlich selbst Homer nicht verzeihen, daß er ihn zuvor dreimal schändlich um die Stadtmauer gejagt werden läßt. Denn das Mitleid ist ein Schatten, den das Herz sich auf das strahlende Bildnis des Helden zu werfen scheut, es ist eine Kränkung, die es ihm nicht zufügen möchte – ihm, dessen Sturz und Untergang es wohl mit Rührung und Trauer, ja auch mit einem geheimen Stolze beizuwohnen vermag. Freilich mögen auch den Helden gemeine Anwandlungen bedrängen, wie selbst die Sonne ihre Flecken besitzt, aber wir verlangen von ihm und seinem Dichter, daß er sie verbirgt. Wir verlangen von ihm als dem höchsten Sinnbild des Lebens auch die höchste Vornehmheit, die diesem Leben innewohnt – denn selbst das Tier zieht sich, wenn es nicht mehr gerüstet ist, wenn es die tödliche Schwäche überfällt und wenn es fühlt, daß es kampflos sterben muß, in die Dunkelheit zurück.

So sucht auch der Selbstmörder, wenn er die Waffen streckt, häufig die tiefste Verborgenheit, die finsteren Abgründe des Wassers oder den dichtesten Schatten der Wälder auf; und ich möchte sicher glauben, daß der Selbstmord lieber im Dunkel der Nacht als bei Tageslicht vollzogen wird. Es entspringt dies einer Scham, die jenseits des persönlichen Bewußtseins liegt, in einer Schicht, die für die Menschen eine geheimere und gültigere Verbindlichkeit besitzt. Denn da hinter dem Tode das Bewußtsein erlischt, so könnte ihm auch das fernere Schicksal des Körpers, der es trug, gleichgültig sein. Dies ist aber keineswegs der Fall, und die Neigung des Selbstmörders, seine Überreste dem Lichte zu entziehen, entspricht dem Wunsche, einem wesentlicheren Auge einen schmählichen Anblick zu verbergen, der verrät, daß hier das Leben seiner Last, seiner Verantwortung nicht gewachsen war, daß es zu Kreuze kriechen und sich selbst im Stiche lassen mußte. Daher stellt der Selbstmord Sswidrigailows, dieser sehr aufschlußreichen Persönlichkeit im »Raskolnikow«, das äußerste Maß an russischer Schamlosigkeit dar.

Daß dem so ist, spricht sich am klarsten in der höchsten und uns unzugänglichen, in der stoischen Form des Selbstmordes aus, die die Antike kannte und die gerade in voller Öffentlichkeit vollzogen wurde. Hier, im Falle Senecas und Petrons, hielt das Leben jedoch bis zum letzten Augenblick die Feldzeichen hoch, es blieb in Rüstung, traf seine Bestimmungen, und der Tod stellte sich nicht als ein Erlöschen des Willens dar, sondern als ein strenger, entschiedener Willensakt. Daher liebte man es auch, langsam und bei Bewußtsein zu sterben, indem man sich die Adern öffnen und zeitweilig wieder verbinden ließ. Ebendaher konnte man Zeugen dulden, ja herbeirufen, weil man nicht zu fürchten brauchte, durch Mitleid befleckt zu werden, denn man bot keinen schmählichen Anblick dar, sondern eine Haltung, der gegenüber Trauer, Anteil, ja auch Bewunderung eher am Platze waren.

Ähnlich muß es sich mit dem japanischen Harakiri verhalten, einem Akt, durch den das Leben sich nicht entwürdigt, sondern gerade auf eine Entwürdigung hin, möge sie ihm von ihm selbst oder von außen her angetan sein, zur schärfsten Ablehnung greift, die ihm zur Verfügung steht. Hier wirft das Leben den Leib des Einzelnen ab, gleichsam als ein Symbol, daß Sühne notwendig ist und daß das Gefühl für Reinheit nicht verloren gehen darf. Dennoch hat dieses etwas sehr Unverständliches für uns, die wir den freiwilligen Tod am höchsten werten, wenn er mit einem Höchstmaß aktiver Energie zusammenfällt; dies ist bei Winkelried, der sich ein Bündel von Speeren in die Brust reißt, und beim Füsilier Klinke, der sich, um Bresche zu schlagen, selbst in die Luft sprengt, der Fall.

In dem vorher Angedeuteten liegt auch der Grund, aus dem, meiner Ansicht nach, Hinrichtungen unter größter Öffentlichkeit stattfinden müssen, wenigstens bei Völkern, deren Schuldbegriff noch nicht durch die Rechenmaschine der modernen Zivilisation gegangen ist. Denn mag es sich hier auch, kausal betrachtet, um eine Strafe handeln, so findet doch im Wesentlichen, also innerhalb der magischen Gemeinschaft des Lebens, eine Sühne statt, und zwar die Sühne für eine Entwürdigung, die der Verbrecher nicht seinem Opfer, nicht sich selbst und auch nicht der Gemeinschaft angetan hat, sondern der menschlichen Würde überhaupt. Da an dieser Würde, an diesem heroischen Kern des Lebens jeder Einzelne Anteil hat, so wird durch ihre Verletzung auch jeder Einzelne verletzt. Daher trifft auch das Beil viel weniger entscheidend den Verbrecher, dessen persönliches Bewußtsein ja in eben dem Augenblick, in dem es fällt, erlischt und der rein körperlich eher Objekt als Subjekt der Sühne ist, als alle anderen. Denn wie die Untat und ihre Folgen in der realen Welt nicht das Eigentliche des Verbrechens ausmachen, sondern die in sie eingeschlossene Störung einer höheren Gesetzmäßigkeit, so ist auch der Tod des Verbrechers nicht das Eigentliche, sondern die in ihn eingeschlossene Wiederherstellung dieser Gesetzmäßigkeit. Daher gehört zu den Wunschbildern einer vollkommeneren Welt der Verbrecher, der sich selbst zum Tode verurteilt, damit den Brüdern der Glaube nicht verlorengeht.

Dies ist im echten Drama der Fall, in dem der Dichter aus seiner höheren Einsicht heraus dieses Urteil an seinem eigenen Fleisch und Blut vollstreckt. So und nicht anders erklären sich auch jene rätselhaften Selbstbeschuldigungen der Zauberei, die uns aus dem Mittelalter überliefert sind. Sie entsprangen dem Gemüte von Menschen, die sich für eine wandelnde Beleidigung Gottes durch das Böse hielten und die ihr geheimstes Trachten als so furchtbar erkannten, daß die Ausbrennung ihres körperlichen Bildes sich ihnen als die einzige Möglichkeit offenbarte, ihres Anteils an der göttlichen Würde nicht für ewig verlustig zu gehen.

Doch wohin verlieren wir uns! Denn hier wäre der Punkt gekommen, uns auf Fragen einzulassen, die uns unseres letzten, zweifelhaften Anspruches auf Zivilisation berauben würden. Beeilen wir uns vielmehr, zuzugeben, daß diese unsere Zeit durchaus im Rechte ist, alle ihre Mittel und das ganze Maß an Einsicht, über welches die Presse verfügt, gegen die Todesstrafe spielen zu lassen. Und wirklich, wenn der Glaube an ein tieferes Schuldverhältnis verloren gegangen ist, bleibt das Verbrechen als eine Erscheinung zurück, die mit den Mitteln der Logik und der Psychologie aufgelöst werden muß. Dann aber ist man imstande, nachzuweisen, daß das Verbrechen entweder auf abnormen, auf krankhaften oder auf sozialen Grundlagen ruht. Auch hier wird jeder Einzelne durch das Verbrechen betroffen, auch hier ein jeder von der Klinge des Beiles gestreift — diese schneidet jetzt jedoch nicht mehr in ein inneres und überpersönliches, sondern in ein äußeres und höchst persönliches Mißverhältnis ein. Man könnte sagen, daß die Gemeinsamkeit sich heute auf gemeinere Dinge bezieht — man kann aber auch sagen, daß es keinen Sinn mehr hat, Opfer zu vollziehen, von denen nur das Schmerzliche der Form, nicht aber die Bedeutung des Inhaltes bestehen blieb. Die Humanität hat recht, wenn sie mit dem individuellen Leben sparsam verfährt, nicht deshalb, weil dieses das Kostbarste wäre, sondern deshalb, weil es das Kostbarste ist, was ihr blieb.

Doch ich kehre zum Freunde der Bücher, zum unsichtbaren Begleiter des Dichters zurück, von dem ich annehme, daß ihm der Anteil an einem innigeren und heroischen Leben, am Leben der Krieger und Gläubigen noch nicht verlorengegangen ist oder daß er seiner teilhaftig zu werden wünscht. Diese Welt ist es, die die Kunst erfaßt, wenn sie zu den heißeren Quellen des Willens dringt, und diese Anstrengung ist es, von der Baudelaire sagt:

> Dies ist es o gott! was bei all deinen herrlichkeiten
> An unsre würde uns den glauben erwirbt:
> Der glühende seufzer der hinrollt von zeiten zu zeiten
> Und der am rande deiner ewigkeit stirbt.

Wir sahen den Selbstmörder sich der Verletzung des heroischen Charakters des Lebens wohl bewußt, das Rüstung verlangt. Wir sahen, daß die Untat in gläubigen Zeiten das Gemüt tiefer verstört, weil sie das Ebenbild eines höheren Lebens im Täter vernichtet und dadurch dieses allen Gläubigen gemeinsame Leben in Frage stellt. Das gleiche nun vermag auch der Dichter seinem Freunde anzutun, der ihm sehr wehrlos ausgeliefert ist, weil er ihm mit offenem Herzen gegenübersteht. Dies macht, nebenbei gesagt, die Ironie, die heute drei Viertel unserer Bücher färbt, zu einem des Dichters unwürdigen Mittel, da sie, gegen wen und was sie auch gerichtet sei, doch immer den Leser trifft. Denn ihr Wesen besteht darin, daß sie ein *Gefühl* anschlägt, das dann durch den nachschreitenden Verstand als unecht und vorgespiegelt erkannt werden soll. Sie verkauft also gleichsam das Herz an den Verstand, während der Humor gerade umgekehrt den Witz als eine Facette vorschiebt, deren sich das Herz zur Spiegelung bedient.

Was nun eigentlich als schmählich empfunden wird, das kann, wie gesagt, unendlich verschieden sein. Jedenfalls aber werden wir in jenem Augenblick, in dem wir ein Buch beiseite legen, weil irgend etwas in uns zu revoltieren beginnt, immer feststellen können, daß dies geschah, weil uns das Leben in einer Lage vorgeführt wurde, die unserem Gefühl als unwürdig erschien. Was aber als unwürdig erscheint, hängt von der Eigenart der Wertung ab. So wird sich etwa ein sachlicher Charakter an jeder Stelle unangenehm getroffen fühlen, die sich zum Pathos oder zur lyrischen Eindringlichkeit erhebt, weil hier sein Gefühl für Realität beleidigt wird. Er wird durch Jean Paul auf die Folter gespannt. Dem heroischen Charakter wiederum, an dem hier Anteil genommen wird, wird die Haltung Rousseaus ganz unüberwindliche Hindernisse entgegensetzen, weil ihm den Windungen einer gemeinen Seele gegenüber der Grad der Offenheit, mit dem sie geschildert werden, nicht als sittliches Äquivalent erscheint.

Was hätte wohl auch Entblößung mit Rüstung zu tun? Und wenn wir auch das Zittern des Herzens noch in seinen feinsten Fibrillen spüren wollen, so verlangen wir doch zugleich, daß es dreifach gepanzert sei. Daher ist auch alles, was die Russen schreiben, für uns ganz unerträglich, und weder die nachtwandlerische Feinheit des Zugriffes noch seine

Unerbittlichkeit können darüber trösten, wie hier dem Leben ein Lumpen nach dem anderen vom Leibe gezogen wird, bis dann endlich die ganze Erbärmlichkeit erscheint. Es kann sich hier natürlich nur um eine Grundwertung handeln, um eine Wertung und Ablehnung des intelligiblen Charakters, die mit allem, was Gestaltung heißt, gar nichts zu schaffen hat und die doch selbst vom naiven Gemüte mit Sicherheit empfunden werden kann. Der jämmerliche Aufmarsch der Erniedrigten und Beleidigten — das ist der Aufmarsch gegen alles, was vornehm ist und was gerade niemals eine Erniedrigung und Beleidigung zu dulden sich herablassen würde. Hier aber schleicht alles, was sich ins Gesicht treten läßt, um den Blick eines schmählichen Einverständnisses zu erbeuten, an uns heran. Wie geschäftig und mit welch unsauberer Wärme das, sowie man mit ihm allein ist, sich auszuziehen beginnt, und mit welcher Geschicklichkeit es gerade die edelsten Herzen auf die schärfste Folter legt! Hier tröstet das Märchen von jenem Magier, der, um eine innerste Schatzkammer zu erschließen, einer Reihe von Trugbildern zu widerstehen hatte, deren letztes ihm in Gestalt seiner eigenen Mutter erschien, die er mit dem Schwerte in Stücke hieb. Unsere Bilder liegen in weiteren, glänzenderen Fernen, in denen die fremden Siegel nicht mehr gültig sind, und zu unseren geheimsten Brüderschaften führt ein Weg, der durch andere Leiden geht. Auch hat unser Kreuz einen festen Griff und einen Balken, der aus zwiefach zugeschliffenem Eisen geschmiedet ist.

Es ist nicht mehr die Zeit, in der man Bücher — und nicht die schlechtesten! — durch den Schinder verbrennen ließ. Diese Verbrennung kann heute nur im Herzen geschehen, das sich viel zumuten muß. Wie weit sich auch das Fremde hervorwagen durfte, so werden wir doch den Gefühlen der visionären Küchenschaben, die tastend, nackt und frierend in ihren dunklen Winkeln in den Abfällen des Lebens beschäftigt sind, noch gewachsen sein.

Immerhin ist die Entwürdigung, die hier dem heroischen Charakter entgegentritt und seine Symbole in Frage stellt, weit gefährlicher als jene andere, die seit langem ihre Vorposten in unsere Landschaft geschoben hat und die noch heute als ein letzter und schamlosester Aufguß des Naturalismus das Feld beherrscht. Das schmähliche Einverständnis, zu dem hier die Seele verlockt werden soll, bezieht sich jedoch nicht auf ihre verborgensten Kammern, sondern auf jene Schichten, die Jakob Böhme veranlaßten, vom Menschen zu sagen, er sei schon zu Lebzeiten zur Hälfte aus Totem zusammengesetzt — daher ist es auch weniger einschneidend, und die Seele begibt sich in viel geringere Gefahr, wenn sie dieser Versuchung zuzeiten unterliegt.

Wer sich aber auf eine Sprache einläßt, die andeutet, daß die Gesellschaft die entscheidende Gemeinschaft, daß die Erlösung im Sozialen möglich sei und daß der auf die Materie angewiesene Verstand das Leben wie ein geschliffenes Glas sprühend durchleuchten könne — wer sich hierauf einläßt, ohne sich immer bewußt zu bleiben, daß er so ein fesselndes Studium der Formen, der feinsten und diskretesten Abdrücke des Lebens treibt unter Verzicht auf seinen zarten, wirkenden Kern, der sucht eine Verständigung, die sich auf die toten Bestandteile dieses Lebens beschränkt, gerade so wie eine Photographie trotz täuschender Ähnlichkeit doch nur die Zeichen zu erfassen vermag, die das Sein ins Leblose eingegraben hat. Es ist dies die Verständigung in einer gemeineren Schicht, der frohlockende Blick, der über eine nach allen Regeln der Anatomie aufgebrochene Leiche gewechselt wird. Es ist die Verständigung über das, was man in den Eingeweiden des Bauches und des Kopfes gefunden hat, und noch mehr über das, was man dort *nicht* gefunden hat. Hier ist es auch, wo Scham empfunden oder nicht empfunden wird, denn die Unzufriedenheit ist mannigfaltig gestuft.

Ach, nur mit Kummer konnte ich vor kurzem ein Buch durchblättern, das mir verriet, daß selbst dort drüben, wo man wohl mit besserem Rechte als bei uns noch immer am Urmeter der Zivilisation das Maß nehmen könnte, unter der Jugend bereits eine tiefere Unzufriedenheit und eine beißendere Scham lebendig ist. Es ist Georges Bernanos, ein gläubiger und kriegerischer Geist, in dessen Roman »Unter der Sonne Satans« Stellen wie diese zu finden sind:

»Die Jugend, die im Kriege einen frommen, leidenschaftlichen Dichter, Gott vor Augen, im Stroh liegen sah, wendet sich mit Ekel von den Sesseln ab, in denen die Übergescheiten ihre Nägel pflegen — — — jene, die über keine andere Hoffnung in dieser Welt verfügen, als ihren umständlichen, in die Nase stechenden Dreck an allen Quellen des Geistes abzulegen, woraus die Unglücklichen trinken wollen.«

Jener unerträgliche Augenblick, den ich dem idealen Leser zuschieben möchte, wird also durch die Revolte gegen ein schmähliches Einverständnis hervorgerufen, das der Dichter über den Gegenstand herbeiführen möchte, dem die Unterhaltung gilt. Es wird sich diese Revolte sehr oft auf Lagen beziehen, in denen reines, untätiges Mitleid angemessen wäre, das jedoch dem heroischen Menschen von Grund auf zuwider ist, der lieber wie Petrus irgend jemandem das Ohr abhaut, als daß er eine Entwürdigung wehrlos geschehen läßt. Das Mitleid ist der tragischen Welt, dem Schauplatz der ringenden Seelen, nicht gemäß, daher beeilt sich Homer, Hektor, den er für einen Augenblick als einen Gegenstand des reinen Mitleides vorführte, seinen Rang innerhalb der tragischen Ordnung zurückzugeben, indem er ihn fallen läßt. Allerdings muß heute wohl immer wieder betont werden, daß das Leiden ein seelischer Zustand von hoher Notwendigkeit ist, ein aristokratischer Zustand, dem von außen gar keine Hilfe gebracht werden kann. Der Held ist es vielmehr selbst, der durch Überwindung und Selbstüberwindung allen anderen hilft, indem er die Idee der Freiheit zum Durchbruch und sich selbst ihr zum Opfer bringt, und dieser Versuch, dieser »glühende Seufzer«, ist dem Herzen des Dichters anvertraut.

Hier eröffnet sich der Rangunterschied zwischen der tragischen und der *sozialen* Welt, in der das Leiden gerade durch äußere Verhältnisse sich bedingt und in der seine Überwindung durch Äußeres erwartet wird. In ihr ist das Äußere nicht Ausdruck und Mittel, sondern Wesen und Zweck.

Das macht das soziale Drama zu einem Widerspruch in sich selbst, weil hier eine untragische, eine humanitäre und zivilisatorische Aufgabe mit tragischen Mitteln gelöst und das körperliche Leiden in den Rang einer seelischen Not erhoben werden soll. Es kann aber wohl nicht die Aufgabe des Dichters sein, Fragen zu lösen, die von Parlamenten und politischen Parteien, von Juristen, Medizinern und Nationalökonomen viel besser und einfacher zu lösen sind.

Fast aufschlußreicher noch als das, was den Leser in dem bewußten Augenblicke treibt, nämlich das Gefühl der Entwürdigung, ist das, was er in ihm tut – und das wird vielleicht gar nicht so wenig sein. Äußerlich sahen wir ihn sein Buch beiseite legen, um eine peinliche Vorstellung abzubrechen. Was jetzt geschieht, erinnert sehr an eine Anstrengung, die jeder Mensch aus seiner Traumwelt kennt. Auch hier drängen sich oft sehr peinliche Vorstellungen auf, mit Vorliebe etwa die, unbekleidet und ohne entrinnen zu können in eine große Gesellschaft versetzt zu sein. Gegen diesen durchaus wehrlosen Zustand gibt es nur *ein* Mittel, auf das der Mensch auch mit Notwendigkeit verfällt, nämlich den Willen, zu erwachen. Dieser meldet sich an, indem er die Wirklichkeit des Erlebnisses in Frage stellt, und setzt sich auch endlich durch, indem er den Traum als einen Schemen, ja selbst als einen Gegenstand der Heiterkeit hinter sich läßt.

Ganz ähnlich ist die Art, in der der Leser verfährt, von dem ich immer voraussetze, daß er ein Leser fast vom Schlage Don Quijotes ist und beim Lesen gleichsam die Luft mit Schwerthieben zerteilt. Er sieht seinen Helden, das heißt also: sich selbst, durch den Autor in eine jener Lagen gebracht, in denen ein Mensch von Gefühl bei lebendigem Leibe abgehäutet wird. Was wäre natürlicher, als daß er, um seiner Verwirrung zu entrinnen, auf den Ausweg des Träumers verfällt? Er beginnt, die Wirklichkeit des Erlebnisses in Zweifel zu ziehen, und entdeckt zu seiner Beruhigung, daß alles dies doch eigentlich nur auf dem Papiere steht, auf dem es wahrscheinlich irgendein Querkopf ausgeheckt hat, und daß man ihm unter dieser Voraussetzung auch andere, vielleicht ganz amüsante Seiten abgewinnen kann. Nachdem er sich solchermaßen gesammelt und Atem geholt, vielleicht auch noch einen Apfel verspeist hat, ist er freilich imstande, sein Buch wieder aufzunehmen und nun, allerdings in einer bedeutend weniger naiven Weise, sich an den weiteren Ereignissen zu beteiligen. So hat er dem Dichter, der nicht nur auf Wirklichkeit, sondern sogar auf ihre höchste und gültigste Form, welche in der Idee begründet liegt, Anspruch erheben darf, seinen Verstoß mit doppelten Zinsen zurückgezahlt. Vielleicht ist es nötig, anzumerken, daß unseren Leser nicht der Verstoß gegen die platten Realitäten der bürgerlichen Welt verstört, sondern allein der, der gegen die innere und magische Harmonie des Lebens und seine als gültig empfundenen Werte gerichtet ist. Und sicherlich sind auch die kühnsten und abenteuerlichsten Gesänge Ariosts unendlich wirklicher als jeder realistische Roman.

Eben, da ich mich in dieser Betrachtung nun endgültig von meinem Leser verabschieden will, fällt es mir noch auf, wie sehr er doch ein preußischer Leser ist. Er ist der Mann, den mit Kant ein Mißverhältnis des empirischen Charakters zum intelligiblen verstören würde, dem mit Schopenhauer als reinem Subjekt der Erkenntnis nur das Objekt als *Idee* gemäß erscheint, der mit Hegel die Einheit von Sein und Idee postuliert, dem mit Fichte die Welt nur das Material des heroischen Willens ist und den mit Nietzsche der entschiedenste Austritt aus den Grenzen des Nur-Menschlichen entzückt. Mehr noch: er ist die höchst seltsame Erscheinung des preußischen Anarchisten, möglich geworden in einer Zeit, da jede Ordnung Schiffbruch erlitt, und der, allein mit dem kategorischen Imperativ des Herzens bewaffnet und nur ihm verantwortlich, das Chaos der Gewalten nach den Grundmaßen neuer Ordnungen durchstreift.

O du einsamer Leser, der du nach der Gesellschaft von Helden begierig bist! Du wirst auch die Stunden kennen, in denen du das abenteuerlichste Buch der Welt durchblätterst, jenes, das du selbst mit deinem Blute geschrieben hast und dessen Lektüre man die Erinnerung nennt. Sicherlich wirst du hier, wie wir alle, auch auf schwache Stellen stoßen, auf Stellen, die du nicht geschrieben haben möchtest und an denen du zuließest, daß die Gemeinheit ihr Feldzeichen auf irgendeine Mauer pflanzte, die deinem Schutze unterstand. Und da du dein eigener Autor bist, wird es dich doppelt brennen, daß du dich selbst vor deinem Anspruch auf Wirklichkeit im Stiche lassen konntest, welche allein in der Idee und dem ihr gemäßen Handeln besteht. Hier wirst du jenes fruchtbareren Leidens teilhaftig werden, dem nicht von außen geholfen werden kann, jener Unzufriedenheit, die aus sich selbst heraus die einzig entscheidende Hilfe bringt.

So wirst du auch vielleicht mit dieser deiner Zeit, deren Gebäude du für wert erkennst, neuen Grundrissen geopfert zu werden, verfahren wie mit einem jener Bücher, vor denen du die Augen schließt und die du beiseite schiebst, um sie dann wieder aufzunehmen und ohne innere Anteilnahme zu verfolgen, bis das letzte Kapitel beendet ist. Denn ich kenne dich, du gehörst jener Jugend an, in deren Herzen diese Zeit bereits seit langem ihr Urteil erfahren hat und die leidend ihre treibenden Bilder verfolgt wie einen schmählichen Traum, dessen sich nur Unwürdige erfreuen. Die Macht und Inbrunst deines Willens zum Erwachen allein bestimmt die Dauer seiner trügerischen Wirklichkeit.

Berlin

Die Idee des Vornehmen repräsentiert sich für mich in einem jener jungen Soldaten des letzten Kriegsjahres, einem von denen, die eben die Schulmappe gegen das Gewehr vertauscht hatten und deren Gestalt unter dem hochbepackten Tornister fast verschwand. Der Anblick, wie dieser noble Junge in einer Nacht voll Regen und Feuer kurz vor seinem Tode wortlos und tapfer zwei der großen Munitionskästen, die viel zu schwer für ihn waren, durch die Dunkelheit schleppte, gehört zu den fruchtbaren Bildern, die sich mir erhalten haben.

Es gibt einen Schlag von großen Herzen, die das Bewußtsein einer einsamen Verantwortung treibt, sich mit den schwersten Lasten zu beladen, und die man den Menschen nicht gönnen möchte, wenn man sie sich verschwenden sieht. Es gibt nur eins, was versöhnt: die glühenden Träume, die das Vorrecht der Jugend sind, das stolze geheime Wild, das vor Sonnenaufgang auf die Lichtungen der Seele tritt. Hier wird dem Andenken jener Namenlosen, Verschollenen manche stille Messe geweiht. In diesen Augenblicken des gläubigen und heroischen Einklanges mit der Welt tritt der Mensch in die verborgene Brüderschaft ein, in einen höheren Kreis des Lebens, der sich durch das geistige Brot des Opfers erhält. Auf daß dieser Limbus bestehe, auf daß die Feuerluft, deren die Seele zur Atmung bedarf, erzeugt werde, ist es nötig, daß fortwährend, bei Tag und Nacht, einsam gestorben wird. In den Stunden, in denen der Jugend die inneren Flügel sich regen, während sie aus ihren Dachfenstern über die Häuser der Krämer starrt, muß sie ahnen, daß dort ganz hinten, an den Grenzen des Unbekannten, am Niemandsland, jedes Feldzeichen bewacht und jeder Vorposten bezogen ist. Sie muß das Gefühl haben, mit von der Armee zu sein, vom Schicksal in der Reserve gehalten zu werden und in höchster Alarmbereitschaft zu stehen.

Zu den bedrohlichsten Zweifeln des Werdenden gehört, besonders in einer Zeit, in der die Gemeinheit sich mit der Maske des höheren Menschentums schminkt, der Zweifel an der Wirklichkeit der Träume, am Vorhandensein einer Zone, in der die Wertungen eines kühneren, vornehmeren Lebens Gültigkeit besitzen — kurzum der Zweifel, ob es *Menschen* gibt. Hier tritt der Versucher auf mit dem Ansinnen, die Seele einem niederen Grade der Wirklichkeit zu verschreiben, denn wenn auch der Mut viel zu bewältigen vermag, so geht er doch an sich selber ein, wenn sein erster Feuerbrand im luftleeren Raume verglimmt.

Hier ist es, wo Aufgabe und Verantwortung des Dichters beginnt, denn ihm ist die Wirklichkeit des Kreises offenbar, dem der Einzelne angehört als ein Punkt seiner Peripherie.

Er sieht dort, wo jeder für sich im Kampfe liegt, die durchlaufende Front. Daher ist es *seine* Stimme, die inmitten der Verwirrung von einer höheren Einheit Kunde gibt oder die gleich der eines Meldeläufers bei Nacht das Herz in seiner Verlassenheit darüber beruhigt, daß der Anschluß besteht. So beruht auch das unvergleichliche Entzücken, dessen nur ganz junge Menschen beim Lesen fähig sind, vor allem darin, daß sie ihre geheimsten Wertungen als gültig bestätigt sehen. »Dies alles gibt es also« — die Vermittlung dieses Gefühls bedeutet für die Robinsons unserer großen Städte nicht weniger als der Abdruck des menschlichen Fußes, den der wirkliche Robinson am Strande seiner Insel fand. Es bedeutet, daß es Menschen gibt.

Nur von diesem Punkte aus, als Ausdruck einer innersten und entschiedensten Rangordnung, scheint mir auch der Kultus des Unbekannten Soldaten, unter dem ich mir eine Gestalt gleich der jenes jungen Kämpfers vorstelle, fruchtbar zu sein. Der weiße Flammenstrahl, der aus dem Asphalt schlägt, sollte der Jugend, die ihn grüßt, ein Symbol dafür sein, daß unter uns der göttliche Funke noch nicht ausgestorben ist, daß es immer noch Herzen gibt, die sich der letzten Läuterung, der Läuterung der Flamme, bedürftig fühlen, und daß die Kameradschaft dieser Herzen die einzig erstrebenswerte ist.

Aus der Goldenen Muschel

Gänge am Mittelmeer. Originalzusammenstellung
236 Seiten, gebunden, ISBN 978-3-608-95295-7

Autor und Autorschaft

280 Seiten, Leinen, ISBN 978-3-608-95284-1

Eine gefährliche Begegnung

169 Seiten, Leinen, ISBN 978-3-608-95333-6

»Man entdeckt beim Lesen der *Gefährlichen Begegnung* wieder die Qualitäten dieses Autors: Den Röntgenblick für das Innere der Gesellschaft und in die Tiefe der Person, nach Modellen, wie sie Edgar Allan Poe und Charles Baudelaire erfunden haben…«
Curt Hohoff/Rheinischer Merkur

In Stahlgewittern

45. Auflage 2007. 324 Seiten, Leinen, ISBN 978-3-608-95208-7

»*In Stahlgewittern* machte ihn zum Helden einer Generation junger Offiziere, die alles gegeben hatten und am Ende bestenfalls das Eiserne Kreuz davontrugen. Gide pries es als »das schönste Kriegsbuch, das ich je las.« Tatsächlich ähnelt es keinem anderen Buch der damaligen Zeit – keine Spur von den pastoralen Meditationen eines Siegfried Sassoon oder Edmund Blunden, kein Anflug von Feigheit wie bei Hemingway, kein Masochismus wie bei T. E. Lawrence und kein Mitleid wie bei Remarque.«
Bruce Chatwin

Klett-Cotta

Siebzig verweht

Die Tagebücher 1965 – 1996

Fünf Bände im Schmuckschuber, broschiert, zus. 2534 Seiten

ISBN 978-3-608-93457-1

Siebzig verweht I

608 Seiten, Leinen, ISBN 978-3-608-95145-5

Siebzig verweht II

641 Seiten, Leinen, ISBN 978-3-12-904321-9

Siebzig verweht III

596 Seiten, Leinen, ISBN 978-3-608-93194-5

Siebzig verweht IV

487 Seiten, Leinen, ISBN 978-3-608-93304-8

Siebzig verweht V

204 Seiten, Leinen, ISBN 978-3-608-93676-6

Sturm

86 Seiten, Leinen, ISBN 978-3-12-904361-5

Wie ein junger Mensch des zivilisierten Europa mit der furchtbaren Erscheinung des modernen Krieges und seiner Schlachtfelder fertig zu werden sucht.

Typus, Name, Gestalt

133 Seiten, gebunden, ISBN 978-3-12-904460-5

Klett-Cotta

Rivarol

128 Seiten, gebunden, ISBN 978-3-608-95695-5

»Der wahre Konservative ist derjenige. der sich Romantik, ja selbst Begeisterung am wenigsten leistet und ihrer auch nicht bedarf.«

Die Schere

186 Seiten, Leinen, ISBN 978-3-608-95714-3

Die Vielzahl der Ideen, Themen, Einfälle findet ihren sprachlichen Ausdruck in jener schwerelosen, auf kein vorgegebenes Muster festlegbaren Form, die der Jünger-Leser von *Autor und Autorschaft* her kennt.

Der Waldgang

96 Seiten, gebunden, ISBN 978-3-608-93249-2

Zahlen und Götter. Philemon und Baucis

Zwei Essays

151 Seiten, englisch broschiert, ISBN 978-3-12-904480-3

Zwei Mal Halley

100 Seiten, Leinen, ISBN 978-3-608-95510-1

Die Zwille

Sonderausgabe 1987. 265 Seiten, gebunden,
ISBN 978-3-608-95477-7

Klett-Cotta